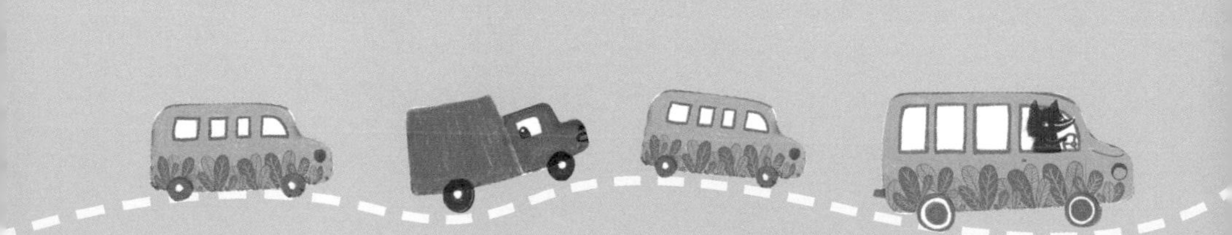

超馬童話大冒險 1

誰來出任務？

王文華／王家珍／王淑芬／亞平／林世仁／劉思源／賴曉珍／顏志豪●著
許臺育　等●繪

推薦序

八仙過海，各顯神通

林文寶 臺東大學榮譽教授

週末夜晚，我習慣在家觀賞歌唱節目，電視臺重金禮聘兩岸三地當紅歌手，為他們舉辦歌唱比賽。各自在市場上擁有千萬粉絲的明星們，被摘下光環，轉變成選手身分，必須在殘酷的戰場上相互較量。每個人各憑本事與實力，必須擄獲觀眾芳心，才能得到選票生存下來，否則將被無情淘汰，最後誰能存活就是冠軍。這儼然是歌唱版的生存遊戲，原本打算讓歌聲洗滌腦袋、徹底放鬆，卻意外跟著賽況起伏緊張。

如此巧合，字畝文化出版社來信詢問是否能為新書寫序，發現他們竟然是找來八位成名童話作家，依照同樣命題創作童話，完成的八篇作品，將被放在同一本書裡，任由讀者品評，多麼有挑戰性！但也多麼有趣啊！這跟我所看的歌唱節目根本沒有兩樣，但似乎更有看頭！仔細閱讀整個系列企畫，才知道這是一個超級馬拉松的概念，意思是指這一群童話作家，歷時兩年，共同創作八個主題的童話，最後完成八本書，換言之，這場戰爭總共會有八回合，而這本書是第一回合，選題：「第一次」。

果不其然，高手過招，精采絕倫，每位作家根本沒在客氣，毫無保留展現自己的堅強實力，表面客氣平和，但從作品水準可見，每一篇作品都拿出大絕招，無所保留，讀著讀著，連我這個老人家都沸騰起來。

八仙過海，各顯神通。八位作家，八種風景，八種路數，八種風格，真的讓我驚艷與驚喜。這場超級馬拉松，逼迫選手不得不端出最強武器，展現最厲害的招式。閱讀過程中，我或許真的可以理解，為什麼他們是這片武林中的高手？因為從他們的作品中，可以感受到他們稱霸武林的銳氣與才氣，他們獨一無二，他們無法取代，我想這或許也是他們成名的原因吧。

光有好選手是不夠的，字畝文化幫選手們打造了一個非常別緻的舞臺。書的設計相當有趣活潑，正文前面有作者的「冒險真心話」，每一位作家就是一位選手，一棒一個故事，一棒接過一棒，當最後一棒衝過終點線時，這一回合的比賽主題「開始——第一次」也在讀者的面前，淋漓盡致的詮釋與表現。這個企畫也讓我們感受到，後現代多元共生，眾聲喧嘩的最佳示範。

外行看熱鬧，內行看門道，這八篇故事都是傑作，各有巧妙，各自精采，我相信對於想創作童話的大朋友，或者想要如何寫好作文的小朋友，都有絕對助益。

不知劇情的演進會如何？請拭目期待！

出版者的話

一次品嘗八種口味的美妙童話

馮季眉　字畝文化社長兼總編輯

一個初夏午後，八位童話作家和兩名編輯，在臺北青田街一家茶館聚會。散居臺東、南投、臺中等地的作家迢迢而來，當然不是純為喝茶，其實大夥是來參加「誓師大會」的，因為，一場童話作家的超級馬拉松即將起跑。

這場超馬，源於一個我覺得值得嘗試的點子：邀集幾位童話名家，共同進行一場馬拉松長跑式的童話創作，以兩年時間，每人每季一篇，累積質量俱佳的作品，成就精采的合集。每集由童話作家腦力激盪，共同設定主題後，各自自由發揮。

稿約滿滿的作家們，其實一開始都顯得猶豫：要長跑兩年？但是又經不起「好像很好玩」的誘惑，更何況一起長跑的，都是彼此私交甚篤的好友，童心未泯的作家們也就欣然同意了。畢竟，這一次，寫童話不是作者自己一人孤獨的進行，而是與當今最厲害的童話腦，一起腦力激盪，玩一場童話大冒險的遊戲，錯過豈不可惜？

「誓師」當天，大夥把盞言歡，幾杯茶湯下肚，八場童話馬拉松的主題輕輕鬆鬆設計完成。八個主題，環繞兒童身心成長特質，但絕對美味可口、不八股說教。至於最後編織出怎樣的故事，且看童話作家各顯神通！

對作家而言，這是一次難忘的經驗與挑戰；對出版者而言，同樣是場大冒險。因為出版計畫的戰線拉得很長，而且出版方式也是前所未見：這系列童話，有如MOOK（雜誌書，性質介於雜誌Magazine與書籍Book之間），每期一個主題，每季出版一本，共八本。

在互相加油打氣聲中，兩年八場的童話超馬開跑了！自二〇一九年起，每季推出一集（三月、六月、九月、十二月）。《超馬童話大冒險》第一集的主題是「開始」，故事的核心元素是「第一次」。

每個人都會經歷許多第一次：第一次結交知心好友（友誼的開始）、第一次離家（獨立的開始）、第一次受挫折、第一次說再見……。八篇童話故事的主角，不管是貓、鼴鼠、小熊、老虎，還是小天使……，他們都將遭遇某個事件、某種情感經驗的「開始」或「第一次」。小讀者細細品味這些故事的時候，不但可以伴隨書中角色一起探索、體驗，經歷快樂與煩惱，享受閱讀樂趣，並且能從中找到勇氣、獲得成長。

來吧，翻開這本書，進入超馬現場，一次品嘗八種口味的美妙童話！

註：第一集延至四月出版，後續將儘量如期推出。

目錄

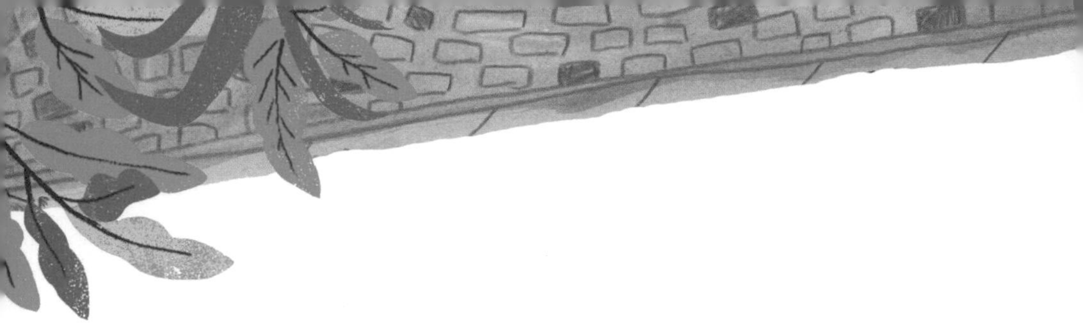

1號童話 恐怖照片旅館

繪圖：許臺育

作者的大冒險真心話

童話擂臺賽，準備開戰？

某天，飛鴿捎來一封信，「敝社將舉辦一場別開生面的童話擂臺賽，不知有無興趣？」

「擂臺賽？」

繼續往下讀，「我們邀請各路好手，個個武功高強，準備決一死戰，看誰能獨霸武林。」此時，眼前刀光劍影，干戈鏗鏘，內心翻騰澎湃。

戰前會當日，我已經備妥關刀，雄赳赳，氣昂昂，氣勢絕對不能輸人！這將是一場你死我活的戰爭，拼了！

未料，「叮叮噹～叮叮噹～鈴聲多響亮～」一陣歡騰的氣息排山倒海，淹滿會場，不時還有幾個拉砲騰空飛起。

我頓時傻了眼！「這這這～不是比武大會嗎？」怎麼大家一片和樂融融，談笑風生。

我會錯意了，原來這是一場童話嘉年華會。

「趁著沒人注意，我默默收起關刀。」丟臉死了！不過也鬆了一口氣，希望自己能在這場嘉年華會裡，端出拿手好戲，以饗讀者。

思忖許久，決定以「照片旅館」為主題館的鬼屋童話開跑！

我是吉米喵咪家的一分子，我們家有六個成員，但是爺爺奶奶過世了，所以只剩下四個：我、妹妹、爸爸和媽媽。

「這個是爺爺和奶奶。」媽媽指著照片。

照片裡的爺爺，肥肥胖胖，雖然像是一隻老虎，卻一臉憨厚；而奶奶有一雙美麗的眸子，一隻是湛藍色，一隻是金黃色，還有一身潔白如雪的細軟毛髮。

「如果能再見到他們，不知道有多好。」我說。

「很遺憾，他們在你出生前就過世了。」

「真的沒有辦法再看到他們了嗎？」

「沒辦法了。」媽媽偷擦著淚，她的哭聲喵嗚喵嗚，細細軟軟，像

是小貓咪。

或許，狐狸巫婆有辦法。她住在森林最深處的一個石洞裡頭，經營著照相館，門外的兩盞蠟燭，從未熄滅過，相當詭異。

特別的是，這間照相館，只在半夜十二點後營業。

照相館裡頭，牆壁貼滿大大小小的照片，看來這些照片都是巫婆在喵喵村裡偷拍的，它們有個共同點：這些動物都已經過世了。

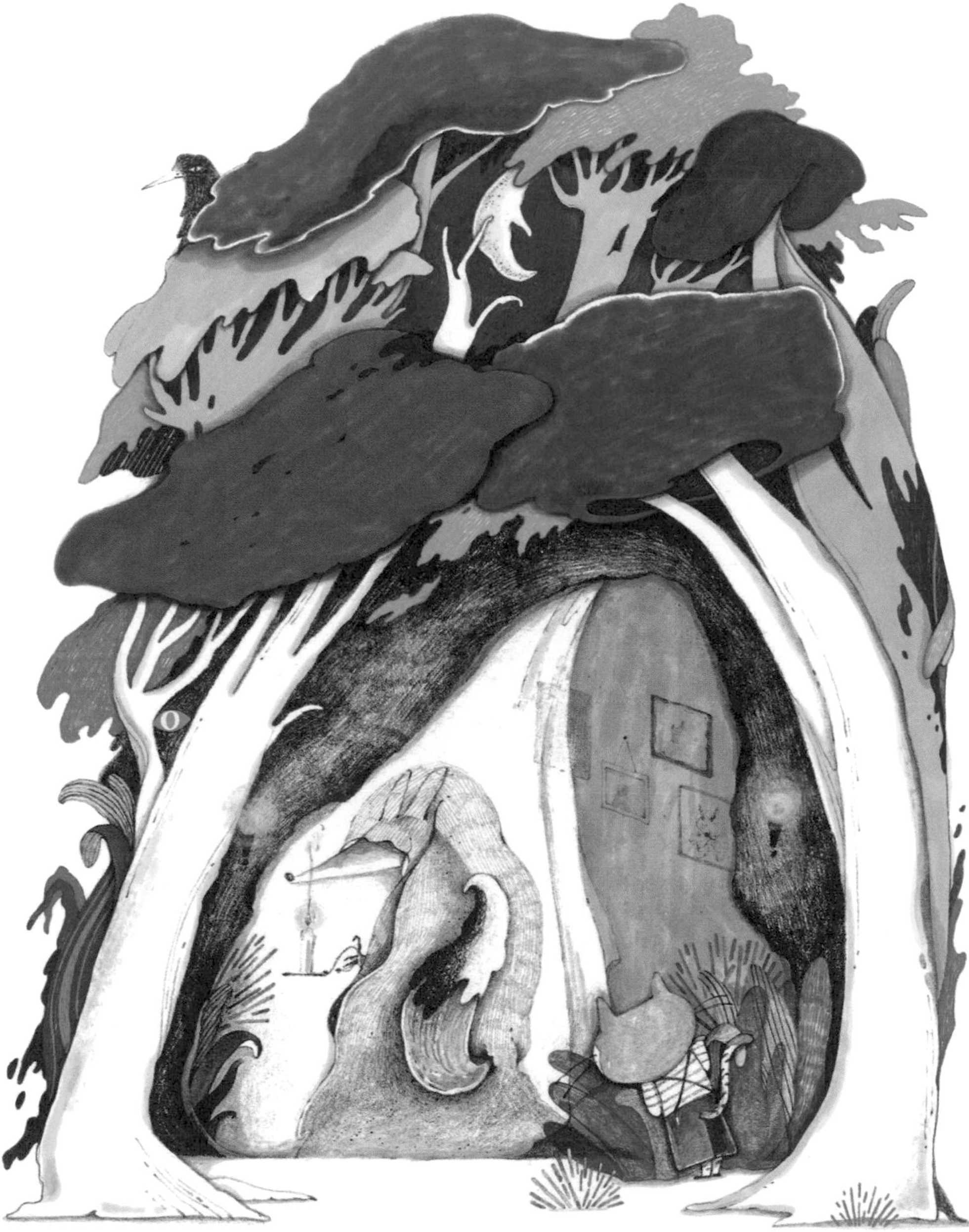

擺在一進門口的那張，我一眼就認出，那是剛過世的衛理斯爺爺，他是一隻山羊，他的左眼被老鷹給啄瞎了。

我有點害怕，心跳得厲害。

「請問，不知道你有辦法，讓我見到過世的爺爺、奶奶嗎？」

狐狸巫婆翻閱著桌上一張張照片，調整鼻梁上的老花眼鏡。

她抬頭看我，她的眼睛就像外頭永遠不滅的蠟燭，詭異卻明亮，聲音粗糙，說著：「也不是沒有……」

「可以多說一點嗎？」我的聲音有點顫抖。

「傳說有個照片旅館，它位在一棵非常高大的樹上，這棵樹直達天堂；或許你可以在那裡找到他們。不過，到現在為止，大家都找不到入

口。」

「你可以說得更清楚一點嗎？」

狐狸巫婆瞪了我一眼。我不敢再問。

「媽，我想要看照片。」

「全都放在客廳楓樹櫃裡，記得放回原處。」

我把照片簿全部搬回房間。

照片一片混亂，一定又是媽媽的傑作；這事也常惹得爸爸不開心。

爸爸是專業的攝影師，這些照片都是他的珍寶，他幫每張照片都寫下拍攝時間與地點，有些還留下簡單的幾個字解說。

我沉浸在照片的世界裡頭，試圖從中挖掘關於爺爺、奶奶的事；一邊也想著巫婆的問題：照片旅館？入口？到底是什麼？

我躺在床上，翻看老照片。

突然，有一張照片讓我震懾了一下。

再仔細一看，天啊，該不會？

牆上的掛鐘，顯示著時間——深夜十二點。

爸媽都熟睡了，我拿著照片直奔巫婆的山洞。

「是這個嗎？」我把照片遞給狐狸巫婆。

狐狸巫婆戴上胸前的老花眼鏡，再拿出放大鏡，瞧個老半天，「天哪！」

她看著照片發狂的笑，聲音尖銳刺耳，「你敲敲看吧！」

照片裡是奶奶抱著我，爺爺從背後抱著奶奶，我們都很開心；比較特別的是我們的後面剛好有面鏡子。

鏡子反射著：一棵樹。

這不重要，仔細看，你可以看到樹幹上有個小門。

「真的嗎？」

「快呀！」狐狸巫婆催促著。

我伸出手指，往照片裡的小門，輕輕的叩叩叩。

唧——拐——小門緩緩開了。

天哪，嚇壞我了，「歡迎光臨，照片旅館。」

當我回過神時，我竟然在門裡頭，不對！應該說是在照片裡。

小門正要關上，我想要衝出去，卻發現自己嚇到腿軟，狐狸巫婆尖銳的笑聲，慢慢在我耳邊消失。

我的心臟像小黃蜂拍翅的速度一樣快。

恐懼淹沒我，我有點呼吸不到空氣，

幾乎窒息，好難受！

「叮咚！」

原來這是一道電梯門。

電梯門一打開，我馬上衝出電梯，大口呼吸。

當我恢復正常呼吸時，電梯門已經闔上，而這個電梯門竟然沒有開啟的按鈕，代表著：我回不去了。

這是我第一次感到如此害怕，我被困在這裡了。

「媽！救救我！」

我哭了好一陣子，沒人理我，我還是繼續哭，直到我知道無論哭多

久，都不會有人理我。

往左右看了一下，兩邊都布滿著樹葉，我似乎在一棵大樹上，我選擇往右邊走，這是我的習慣。

後來我懂了！這裡就像是間超大的樹旅館，全是一個接著一個——無止境的房間，房間座落在錯綜複雜的樹幹與樹葉間，陽光幾乎照不進來。

我小心翼翼的伸著利爪，攀爬過一根接著一根的樹枝，我可不想掉落那看不到底的深淵。

幸虧這對一隻貓來說，不是一件難事。

這裡的每個房間沒有任何差異，不同的只是房門上的編號而已。

我繼續走著，只要遇到岔路，便選擇右邊；層層疊疊的樹枝與樹葉，讓我分辨不清方向，看來我迷路了。

我爬坐在一間客房前休息，舔舔身上的毛髮，心情平靜許多；不過，我又累又餓，早知道晚餐的小魚乾就多吃一點。

我發現面前的房號是 19831015。

為什麼我不試著開門呢？任由我怎麼推撞，也開不了門。

我還嘗試爬到旁邊的另一間客房，房號 19830930，用盡各種辦法，門還是不為所動。

看來，我真的被困住了，一點辦法都沒有。我倚靠在樹枝前休憩，身心俱疲，到底該怎麼辦？

19831015
19830129
19831010

咦！口袋怎麼會有東西！掏出一看，原來是照片。

索性翻過照片，照片記載著拍照日期：1983年8月24日。地點：家裡客廳，還附上一行字：第一次是最美好的。

我很確定，這就是我拿給狐狸巫婆的照片。

但是有件事讓我幾乎快哭了出來，照片裡的東西全部不見了，連門也不見了，那我怎麼回去？

1983年8月24日，19830824，這個數字怎麼那麼眼熟？

天哪，我抬頭看著房號，該不會這些房號跟照片的日期有關係？房號的開頭都是1983，意謂著電梯刻意載我到1983這層樓。

頓時精神又上來了，我似乎可以嗅聞到出口的微弱曙光。

我賣命的爬行勘查，尋找位置，核對房號，滿身大汗，幾乎用盡我所有的力氣，還是無法找到這扇門。

我的眼淚不爭氣的掉了下來，雖然看到出口的標示，卻遲遲走不出去。

突然，一陣天搖地動，樹葉紛紛落下，眼好花，頭好暈，我勉強用爪子勾住一根樹枝，才不至於掉下去。

沒想到就在此時，那組讓我朝思暮想的數字 19830824 在我眼前閃過，它就在我正下方。這是在跟我開玩笑吧！

我必須跳下去，若是跳不準，會直接掉入黑暗深淵。恐懼不斷襲向

我，直到我看到照片後寫著一行字：第一次是最美好的。

爸爸寫的這幾個字，讓我產生勇氣，我應該勇敢的挑戰我的第一次。

手就快撐不住了，我閉眼，使出全力一個縱跳，不自覺放聲喵嗚，直到撞到一個東西，二話不說，馬上伸出利爪勾緊。睜開眼睛，我激動得哭了，那是19830824的門。

第一次果然是最美好的。

不過，我還沒有得救，我必須要有一把鑰匙，才能打開這扇門。而我身上什麼都沒有，僅有口袋的這張照片。

該不會！

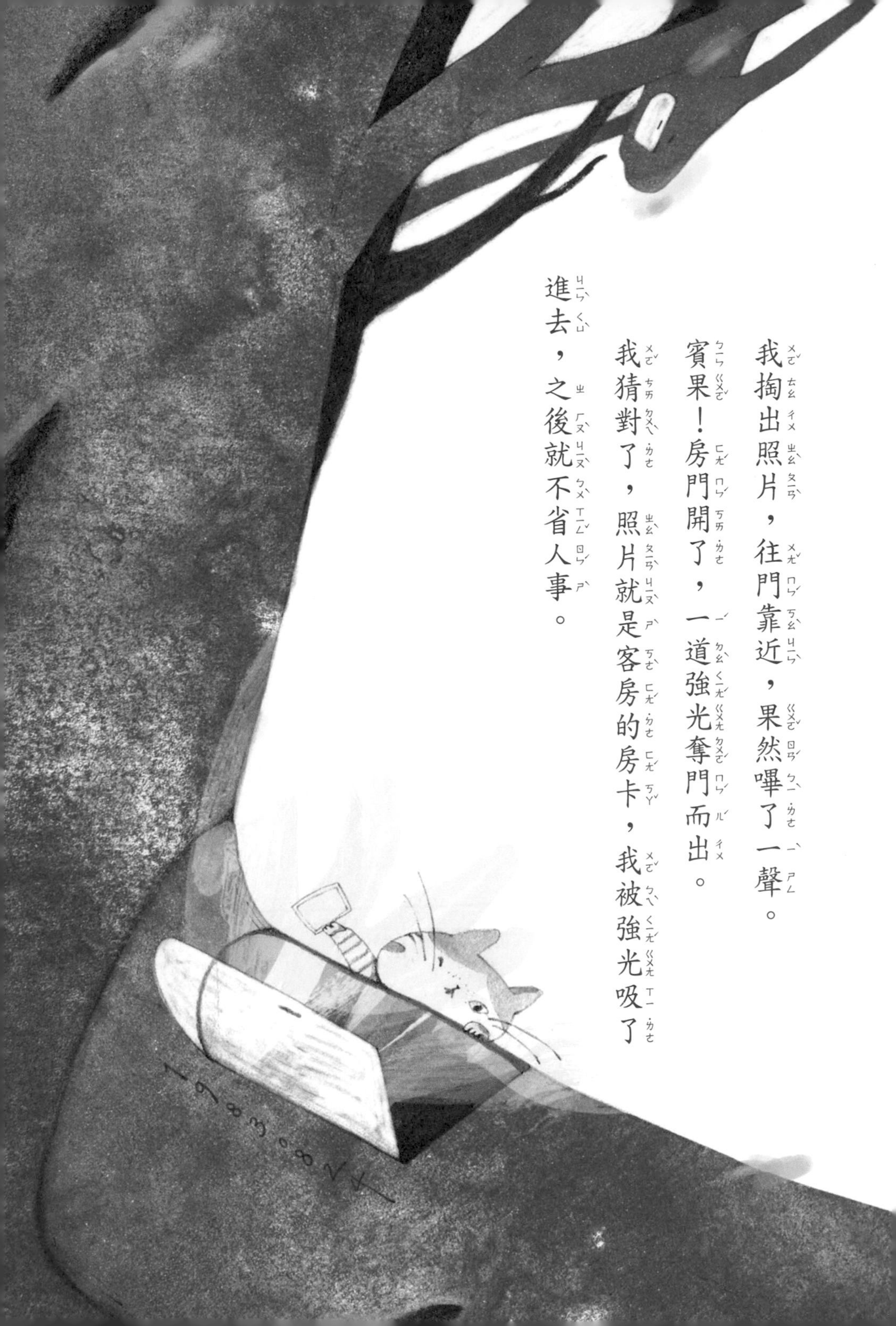

我掏出照片，往門靠近，果然嗶了一聲。

賓果！房門開了，一道強光奪門而出。

我猜對了，照片就是客房的房卡，我被強光吸了進去，之後就不省人事。

我醒來時，努力想睜開眼睛，但是怎麼就是睜不開，經過一段掙扎，終於成功了。

陽光很刺眼，慢慢的適應光線後，我看見媽媽的臉，她看起來好美麗，橘黃色的毛髮，像是陽光一樣耀眼，眼神也變得好清澈年輕。

「小寶貝睜開眼睛了。」媽媽興奮大叫。

「真的嗎？」

爺爺與奶奶馬上湊過來看，「真是靈動的小眼睛。」

奶奶抱了我，爺爺輕碰著我的鼻頭，「以後一定會是個活潑亂跳的好貓咪。」

終於，我看見他們了，奶奶的眼睛好像寶石般美麗，爺爺像是一隻巨大的老虎，不過卻很慈祥，我感到好幸福。

除此之外，我心裡還有著一股難以言喻的悸動，在我內心深處澎湃著，我知道那是第一次看到這個世界的感動。

我想喊他們一聲爺爺、奶奶，但只是發出微微的喵嗚聲，看來我還太小。

「希望他能永遠保持這麼晶亮與善良的眼睛看這個世界，勇敢的去嘗試任何第一次。」奶奶說。

「第一次是最美好的。」爺爺摸摸我的頭。

我好想告訴他們，我好愛你們喔。

「來，我來幫第一次拍一張紀念照。」爸爸還是沒變，相機隨時掛在身上，那時的爸爸還真年輕。

咦？我好像看到床上有個東西，天哪！怎麼還有一個？

「小寶貝，看過來！」

沒想到爸爸這時候已經按下快門，閃光燈閃了一下，好刺眼。

我的眼睛好痛，接下來發生什麼事我都不知道了。

當我再次睜開眼睛的時候，我已經躺在床上。

「你昨晚到底做了什麼事？怎麼一大早睡在門口！」是媽媽的聲音，而且不是年輕媽媽的聲音。

我竟然回來了。

「媽，你變老了。」媽媽的毛色沒有年輕時的光亮，而像是太陽西下的黃昏。

「你在胡說八道什麼？快給我解釋清楚。」

我懶得爭辯，不過，我發現口袋的照片消失了，怎麼都找不到。

「媽，你有看到一張照片，是我睜開眼睛的時候，爺爺、奶奶抱著我拍照的照片嗎？」

「從來沒看過。」

「爸，那是你拍的，你一點印象都沒有嗎？而且你還在後面寫著：

第一次是最美好的。」

「沒有。」

我知道無論再怎麼問，都不會有答案了。

我現在知道了，很多時候，第一次也是最後一次了，所以我要好好珍惜每個第一次。

但我也知道，我絕對會再次進到恐怖照片旅館，因為自從離開後，它並沒有消失，而是像是鬼影一樣，每個晚上都在呼喚著我。

作者說 關於〈恐怖照片旅館〉

嘿嘿！我最喜歡嚇小朋友了！快來「恐怖照片旅館」吧！
另外，我想告訴你：不要害怕嘗試，第一次永遠是最美麗的。

猜一猜 這篇童話是誰寫的？

A **王淑芬** 代表作：《我是白痴》、《小偷》、《怪咖教室》、《去問貓巧可》。

B **王文華** 代表作：「可能小學任務」系列、「小狐仙的超級任務」系列。

C **顏志豪** 代表作：「插頭小豬」系列、「神跳牆系列」。

2號童話

黑貓布利

繪圖：陳銘

作者的大冒險真心話

第一次新體驗

很榮幸參加這次的「童話超馬大冒險」，也很高興能與多位童友（寫童話的好友）合作。記得討論會那天，我從童友們的思考方式和提議學到很多，了解原來別人是這樣構思靈感與創作的，令我大感佩服。這也是我的「第一次」經驗，正好符合這次的主題「開始」。

未來，我會創作一系列「黑貓布利與酪梨小姐」的故事，藉著他們的經歷與互動，告訴大小讀者何謂「情緒」。

在一片蔚藍大海中，有一座小小的島嶼，名叫貓島。顧名思義，貓島上住的全是貓，他們大半從事捕魚的工作，也有少數務農或是擔任工匠。這些年來，附近海域漸漸捕不到魚了，他們的生活也愈來愈貧困。

「布利，你準備出發了嗎？」

一棟小小的草屋裡，傳出了這樣的聲音。

「嗯，我打算明天走。」一個小小尖細的聲音回答。

「對了，等我回來時，會為爸爸買一頂新的漁夫帽。媽媽，你要什麼呢？」

「我什麼都不用，只要你平安健康就好。」

島上幾乎每個家庭都會上演類似的對話劇，那是因為島上的生活太辛苦了，所以小貓們長到一定年紀後，都會駕船離開這座小島，到外地發展。

布利的哥哥、姊姊們早都踏上這段旅程了，現在終於要輪到他。

布利是一隻黑貓，全身毛黑得發亮，只有脖子一圈白毛。

布利的名字是媽媽取的。她

說，布利是一種法國白色乳酪，她以前吃過，非常好吃。布利脖子上的一圈白毛就像布利乳酪。

那是很久以前的事了，貓島還很風光，從本島跟其他離島會有渡輪載著遊客來，但是現在小島沒落了，這些都沒了。

島上的小貓離開時，都會跟父母說：「等我成功了，一定會駕艘大船回來接你們。」

但是，沒有一隻離開的貓回來，布利的哥哥、姊姊們也沒有回來，連信都沒有。就算寫了信，郵差也不來這座小島。

明天就要出發了，布利焦慮不安，感覺興奮，也有點緊張。他前前後後檢查小船跟行李背包好幾次了，駕船他駕輕就熟，從小幫爸爸捕魚，大海他不陌生，可是從沒去過外地的他，對外頭的世界感到好奇又害怕。

這個夜晚，布利第一次失眠了。

第二天，布利在爸爸、媽媽的祝福中，駕著小船離開貓島。

布利看見媽媽偷偷擦眼角，卻不讓他看見她在哭。

「媽媽，我一定會帶禮物回來，要等我喔！」布利自言自語。

他在海上划啊划，不久看到一座小島。

他上岸一看，有個漁村，比布利住的村子大一點，但也是貧窮破落的模樣。

布利看見幾位漁夫太太圍坐著補漁網，走過去問：「請問，你們需要助手嗎？我會捕魚。」

一位漁夫太太說：

「你也是貓島來的吧？這裡不需要你們。之前很多貓島、狗島、猴島的動物來找工作，找不到都離開了。」

另一位漁夫太太說：「對啊，這些事我們人類做就好，貓、狗跟猴壞習慣很多。還有，你是黑貓，我們這兒不喜歡黑貓，黑貓不吉利，

上了誰的船，誰就捕不到魚。」

看來，這個島的人對動物不友善。

布利想，還是去別的島看看吧！沒關係，第一次找工作是學經驗，本來就不會太順利。

布利登上他的小船，划啊划，到了第二座島，哇！這真的是島嗎？這裡的城市好大，好熱鬧哇！

布利像鄉巴佬進城，張大嘴巴看著眼前的汽車、商店、招牌、馬路、紅綠燈……哇哇！他還經過火車站，被擁擠的人潮嚇一跳。百貨公司，公園，大樓……哇哇哇！這些他以前只是聽說，甚至從沒想過的新奇事物，紛紛出現在身邊。

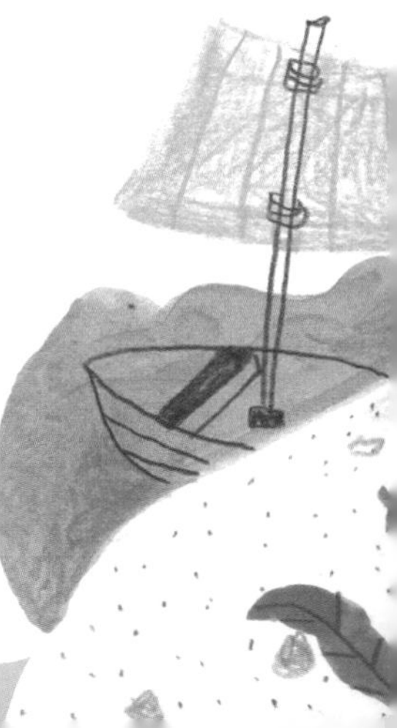

「我不是作夢吧？」布利喃喃自語：「如果能在這裡生活就太棒了！」

布利打定主意，非留在這個有趣的城市不可。

出來這麼久，布利肚子好餓喔。他看見一家餐廳，跑進去問老闆：「我可以在這裡工作嗎？什麼我都能做！」

老闆皺起眉頭說：「你是貓島來的鄉巴佬吧？去去去，我最討厭貓了，除了會偷吃，就是偷懶、打瞌睡。」

啊！餐廳不用他，太可惜了。布利其實是隻勤奮的貓，他覺得很奇怪，為什麼那麼多人對貓有偏見？明明貓島的貓都很努力工作呀，他們生活窮困，只能怪老天爺不賞「飯」，附近海域捕不到魚，有什麼辦法。

布利又問了幾家店：理髮店、書店、鞋店、花店、電器行……，大家都不願意雇用他。

布利走啊走，經過一家甜點店，名叫「皮歐尼烘焙坊」，櫥窗裡展示著布利從沒見過，也沒吃過的精美甜點，哇！他口水直流。

這時，他看見玻璃門上貼了一張紅紙——誠徵助手。

啊！太好了，這家店在徵助手耶！

布利推門進店，裡頭有好多客人，店主人是位年輕小姐，紮著一頭馬尾，嘴巴不停說：「好好好，等一下……好好好，我馬上為你包裝……，好好好，我五分鐘後過來……」

布利立刻衝上前說：「需要助手嗎？我可以幫忙！」

「啊！」馬尾小姐看了他一眼說：「也好，那兩位客人麻煩你招呼一下。」

她指著一個男生和一個女生。布利立刻放下背包，過去招呼。

男生說：「我們要兩盒喜餅。」

「喜餅？」布利心想，那是什麼？

　　男生看布利傻愣愣的模樣，就說：「架子上不是有很多手工餅乾嗎？請你幫我們挑選一些，裝成兩個禮盒，對了，不要太貴喔，一盒不能超過三百元，好嗎？」

　　「好的！」

　　布利跑回去問馬尾小姐：「有裝喜餅的盒子嗎？需要兩個。」

小姐從底下櫃子拿出兩個粉紅色紙盒給他。

布利回到客人面前，看著手工餅乾架子，想，怎麼挑呢？

對了，乾脆挑我想吃的，這樣最簡單了。

於是，他價錢看都不看，盡挑自己喜歡的餅乾，滿滿塞了兩盒。

「這樣一盒才三百元嗎？會不會太便宜了？」男生有點不好意思的說。

「沒關係啦，我媽媽常說，吃飽才好做事啊！多一點好。」

「可以幫我們綁上緞帶嗎？」女生說：「是要送人的。」

「好好好！」

布利抱著兩盒喜餅，看馬尾小姐忙得手忙腳亂，心想，我自己來好了，如果能表現好一點，也許就可以待在這家店工作了。

於是布利自己到放紙盒的櫃子裡找，找到了緞帶，心想，怎麼綁啊？對了，用綁鞋帶的方式綁出蝴蝶結就好了呀！

布利動手幫兩個喜餅禮盒綁上漂亮的蝴蝶結，自己都覺得滿意。原來不難嘛！

櫃子裡還有紙提袋，布利拿了兩個紙提袋，放入喜餅禮盒，交給那個男生，然後收了六百元，再轉交給馬尾小姐。她正好也忙完了所有客人。

「呼！好累喔。開張第一天，也許因為全店八折的關係，生意這麼好。看來非趕緊請助手才行！」

布利趕緊鞠躬說：「你好，我是布利，來應徵助手。」

馬尾小姐好像嚇一跳，也趕緊鞠躬說：「你好，我叫酪梨。」

她抬頭看看布利說：「你是貓哇？好好好，我最喜歡貓了，尤其是黑貓，歡迎你來當助手。你說，你叫布利呀……」

酪梨小姐還沒說完，布利已經興奮得跳起來，抓著她的手說：「你是說，我可以留下來工作嗎？哇哇哇哇！」

「那個……」

原來那兩位買喜餅的客人還沒走呢。

男生說：「不曉得你們願不願意幫個忙？事實上，我們倆剛剛經過旁邊的教堂，突然想結婚，對！立刻結婚，所以臨時衝進來買兩盒喜餅。」

「哇！恭喜恭喜，太好了。」酪梨小姐說。

「不過……」男生說：「因為婚禮決定得匆促，現在還缺兩位證婚人，不曉得你們願不願意幫忙？」

「好好好，當然好。」酪梨小姐笑咪咪說：「婚禮什麼時候舉行？」

「馬上，進了教堂就舉行。已經跟牧師說好了。」

「太好了，對了，你叫什麼？……喔，布利，對對對，我們去參加婚禮吧，今天喜事連連，開張第一天就遇到好事。」

男生笑著說：「我也是第一次結婚呢，就遇到你們，太幸運了！」

女生掩著嘴直笑，看起來很滿意這位新郎的樣子。

酪梨小姐掛上「休息中」的牌子，鎖上玻璃門，四位一起到旁邊的教堂舉行婚禮。

布利好興奮喔，覺得自己才幸運呢，因為他找到了甜點店的工作，還第一次參加人類的婚禮，第一次當證婚「人」，在結婚證書上蓋了貓掌印。

提著兩盒新人回贈給證婚人的喜餅，回到店裡，酪梨小姐沒有立刻換上「營業中」的牌子，卻打開喜餅禮盒說：「好餓喔！我們休息一下，來吃午餐，喔不，應該是下午茶了。對了，你叫布利，剛剛我一直想問你，是布利乳酪的布利嗎？」

「對對對，就是布利乳酪，我媽媽說，因為我脖子上有圈白毛，像白色的布利乳酪，所以幫我取了這個名字。」

「真的啊！我最喜歡吃布利乳酪了，冰箱裡還有一塊，想不想吃？」

「想想想。」

於是，布利跟酪梨小姐享受了美好的下午茶。酪梨小姐做的手工餅乾好好吃喔，不過，布利更喜歡布利乳酪，他是第一次看到，也是第一次吃到這種乳酪呢！

「好香喔！」布利感動得眼淚都快流下來，覺得媽媽為他取這個名字太好了。

對了！他終於想到帶什麼禮物回去了。

「我要帶滿船的布利乳酪回去送媽媽。」

就這麼辦！布利很開心，對未來的生活充滿期待，完全不在乎今晚會不會興奮得又失眠了。

作者說

關於〈黑貓布利〉

故事中，布利第一次離開故鄉，第一次看到大城市，第一次找工作，種種的第一次經驗，讓他感到興奮、緊張、擔心與焦慮，這些情緒都是正常的。只要讓自己慢慢來，不要慌，走過第一次，你就會發現新的世界，也會發現自己長大了。

猜一猜 這篇童話是誰寫的？

A **賴曉珍** 代表作：《小小猴找朋友》、《狐狸的錢袋》、「快樂的金小川」系列。

B **劉思源** 代表作：《騎著恐龍去上學》、「短耳兔」系列、「狐說八道」系列。

C **顏志豪** 代表作：「插頭小豬」系列、「神跳牆系列」。

3號童話

鼴鼠洞第99號教室

繪圖：李憶婷

作者的大冒險真心話

第一次呼朋引伴跑馬拉松

創作童話，對我而言是件很孤獨的工作。

自己一個人對著電腦發呆，或是長吁短嘆、或是搔首踟躕，或是滿心喜悅，或是奮力捶鍵，無論如何，都是一個人。

童話馬拉松的創作行伍，讓我感到：太棒了，我不孤單，這次有大家一起長跑！

知道我在寫這篇童話時，也有幾個同伴一起孜孜矻矻，絞盡腦汁——這時，孤獨感會降低，革命情懷不自覺出現，當然，競爭感也來了：這個主題他們會怎麼寫？該不會我的作品最沒創意吧？天哪，已經有人交稿了……

感謝編輯的邀請，讓從未跑過馬拉松的我，參加了一場馬拉松的友誼賽。

當跑道上不是只有我一人時，寫童話真是一件有趣的事啊！

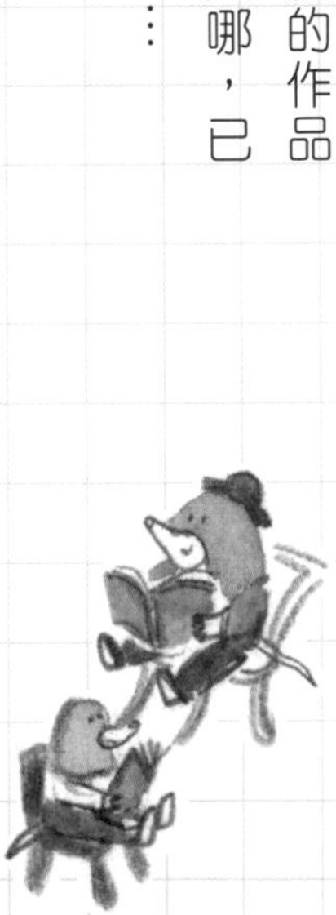

鼴鼠洞第99號教室並不是教室，是工友毛阿姨的專屬休息室。

毛阿姨在鼴鼠洞裡負責教室的清潔工作。

每天下課後，當所有小朋友都回家了，毛阿姨便一間間教室的打掃、整理，最後關門、上鎖。

毛阿姨做這工作很久了，年紀也有些大，學校為了體諒她的辛勞，便將第99號教室撥給她做為白天的休息室。

雖然第99號教室距離鼴鼠常去的教室不遠，不過，小鼴鼠們都不喜歡進去第99號教室。

因為毛阿姨很嚴肅，動不動就要請小鼴鼠們喝湯。

喝一碗苦苦的湯。

好苦、好苦。

阿發的形容是：「苦到會撞牆。」

阿胖的形容是：「苦到會大叫。」

毛阿姨總是板起臉說：「湯雖苦，對你們卻是有益的。快，全部喝光了吧，不喝光，就不能走哦！」

於是，不小心闖進第99號教室的小鼴鼠們，就只能無奈的、委曲的、大氣一口也不敢喘的喝完一碗苦苦的湯，才能離開這間教室。

所以，誰都不喜歡經過鼴鼠洞第99號教室。

阿力從沒喝過毛阿姨的湯，也很少經過第99號教室。

不過，這天，阿力來到了鼴鼠洞第99號教室，因為他聞到了一股奇異的味道。

湯！

一鍋聞起來似乎是好喝的湯！

毛阿姨一看到阿力在門口張望，馬上將他「捉」進來。

「肚子餓了吧，快來喝一碗湯，

這是點心時間哦！」毛阿姨說。

「好哇，謝謝毛阿姨。」

毛阿姨馬上端來一碗黑不隆咚的東西，「有點燙，小心喝。」

阿力一看到這碗湯，馬上就後悔了。

他想起從阿發和阿胖那兒聽到的關於「很苦很苦的湯」的事。

「毛阿姨，我忽然覺得

肚子不餓了。」阿力客氣的把湯端得遠遠的。

「怎麼會？我記得你們才剛上過鑽地課不久，這門課呀，最耗體力的，哪會不餓？喝了吧！」

「毛阿姨，我真的不餓。而且，我最討厭喝湯了。我媽媽說，喝湯不好。」

「喝湯怎會不好？你是沒喝過我煮的湯，只要喝過我煮的湯，你一定還想再來喝第二次，喝了吧！」

「毛阿姨，這麼燙的湯，要喝很久。我怕耽誤上課。」

「簡單！我把湯分裝在三個碗裡，就不會燙了！喝了吧！」

「毛阿姨，我——」

阿力實在想不出拒絕的話了。

他看著這碗黑黑的湯，再看看毛阿姨全心全意的眼神，只好勉強的喝了一口。

哇！好苦啊！

阿力像被雷電打到，苦得直跳腳，眼睛鼻子嘴巴全部皺在一起啦！

毛阿姨卻意外的笑了，「很

苦，是吧？湯雖苦，對你們卻是有益的。來，再喝一口！」

「我——我——」阿力真的不想喝湯。

可是毛阿姨一直催促。

阿力只好喝一口。

再喝一口。

再喝一口。

終於，一碗湯喝完了。

毛阿姨高興的說：「好孩子！明天，再來喝湯，好不好？」然後，毛阿姨伸出小指頭。

阿力根本是一百個不願意再來喝湯的。

可是，不知道是毛阿姨的小指頭有魔力？還是毛阿姨的眼神有魔法？阿力竟然呆呆的看著毛阿姨，看著，看著，也伸出了小指頭，和毛阿姨打了小勾勾。

「好了，我們打勾勾了，明天可要守信，準時來喝湯哦。」毛阿姨說。

阿力點點頭。

直到離開99號教室老遠，阿力這才驚覺：他答應了一個可怕的約定了。

怎麼辦？

阿力不知道怎麼辦才好，只好去找他的好朋友阿發和阿胖商量。

阿發、阿胖聽到阿力喝了一碗苦苦的湯，大笑不止。

阿發說：「吃得苦中苦，方為人上人。」

阿胖說：「超有效！嘿，又高又壯啊！」

阿力氣得咬咬兩隻鼴鼠的尾巴，說：「只會嘲笑我，也不幫我想個解決的辦法，你們兩個還是朋友嗎？」

「我們是想幫你呀！」阿發說：

「可是你都和毛阿姨打勾勾了，能怎麼辦？老師說，答應別人的事一定要做到哇！」

阿力苦著一張臉，說：「可是，湯好苦，我不想去，也不想喝。」

阿胖說：「既然湯那麼難喝，為什麼你還要和毛阿姨打小勾勾？」

「我也不知道——」阿力嘆口氣，「看到毛阿姨的眼神，手就不知不覺的伸出去了。」

阿胖說：「看來，你只能乖乖去喝湯了。這事，我們誰也幫不了。」

阿發也點點頭。

阿力只好又嘆了一口氣，低著頭，一句話也不講。

突然間，像想到什麼事似的，阿力抬頭問：「你們知道毛阿姨為什麼要煮那麼苦的湯嗎？」

阿胖說：「不知道。大概是她喜歡喝苦苦的湯吧。」

阿發說：「不對，不對。聽說她是為了她的孩子煮的。」

「她的孩子？誰呀，我怎麼不知道。」阿力問。

「你當然不認識了。」阿發笑了，「如果他還在，應該有這麼大了。」阿發比了一個很高的手勢，「聽說，他的孩子很愛喝湯。有一天，他上到地面上去玩，這一去，就沒有回家了，有人說是被狐狸叼走了，也有人說是掉落山崖死了，總之，毛阿姨找了好久都找不到，傷心極了。」

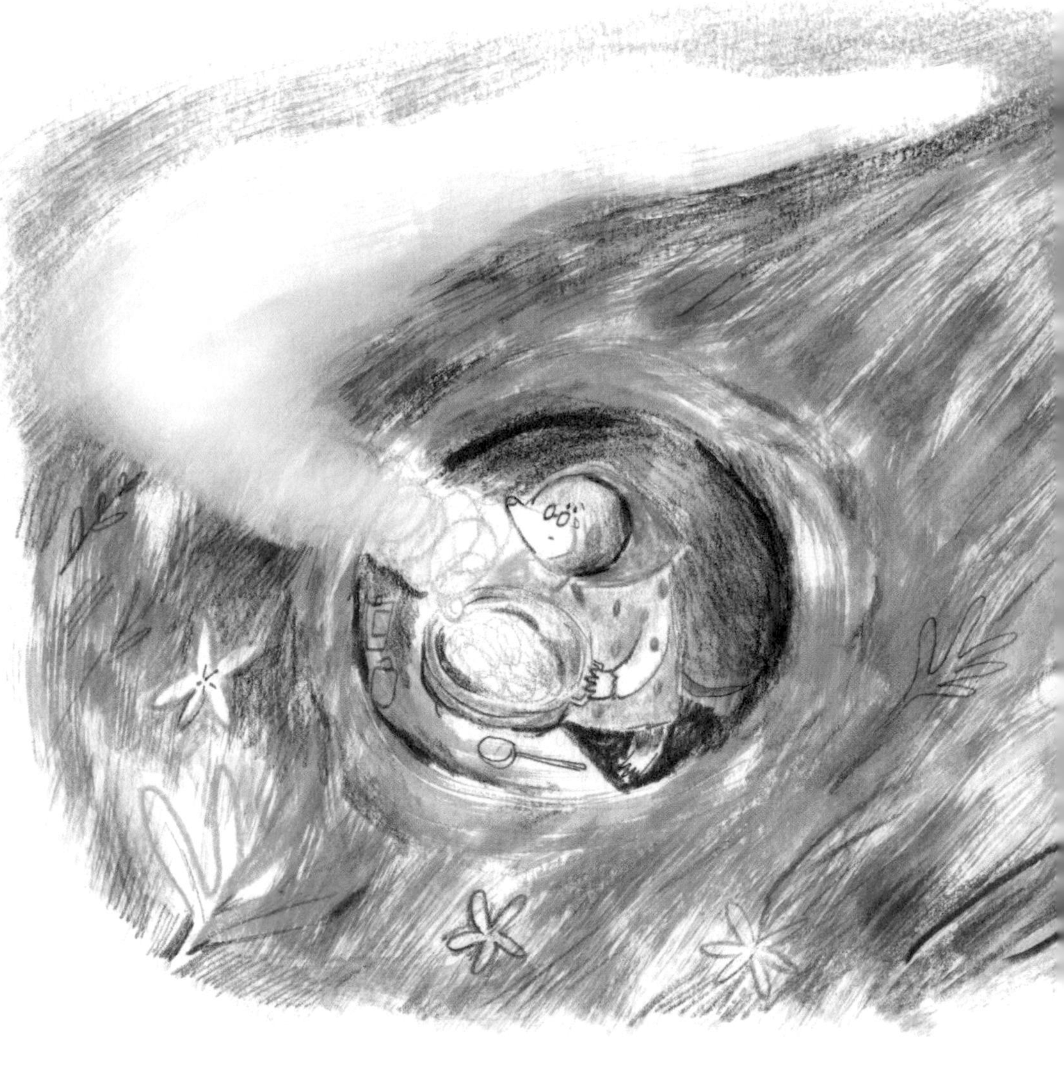

「所以，她才煮一鍋苦苦的湯？」阿力問。

「聽說，他孩子愛喝苦湯，想孩子時，她就煮一鍋苦苦的湯，也不知道要給誰喝。」阿發說。

「應該是她自己喝不完，順便分給大家喝吧！」阿胖說。

阿發搖搖頭。

「會不會是她還在等她的孩子？」阿力問。

「不可能！這是好久以前的事了。」阿發篤定的說。

「不過，」阿發拉拉阿力的手：「我知道她明天一定會等你的。你，別讓毛阿姨失望啊！」阿發說。

「你，別讓毛阿姨失望啊！」阿胖也說。

阿力突然靈光一閃。

「好朋友們，如果我可以讓毛阿姨改成煮一鍋甜湯，你們願不願意幫幫我？」阿力高聲問。

「是真的甜湯還是假的甜湯？」阿胖有些懷疑。

「當然是真的『甜』湯。例如：地瓜湯、芋頭湯、紅豆湯、綠豆湯——。」

「真的嗎？」一聽有好喝的甜湯，兩隻鼴鼠眼睛都發亮了。

「只要你們答應我做一件小事，我保證一定讓毛阿姨改煮甜湯。」

「如果可以喝到『甜』湯，我們——當然願意幫你囉！」

阿發點點頭。

阿胖也點點頭。

「嗯，果然是夠義氣的好朋友！」阿力非常開心，「既然答應我了，可要做到哦！」

兩隻鼴鼠果斷的點點頭。

「好，那麼明天陪我去喝毛阿姨苦苦的湯吧！」

隔天，三隻鼴鼠同時走進了鼴鼠洞第99號教室。

看到阿力還帶了朋友來喝湯，毛阿姨下垂的嘴角有些上揚。

她招呼三個小客人，為他們倒湯，也看著他們喝湯。

看著三隻鼴鼠齜牙咧嘴、大吼大叫的表情，她心中隱隱有一股暖流流過。

「明天，一定要來喝湯啊！」毛阿姨對喝完湯的三個小傢伙說。

三隻鼴鼠點點頭。

第二天，三隻鼴鼠又來喝湯了。

第三天，三隻鼴鼠也來了。

就這樣，連續一個星期，三隻鼴鼠天天來毛阿姨的教室裡喝湯。

第八天，當三隻鼴鼠忍耐著把一碗苦苦的湯喝完的時候，阿力說話了：「毛阿姨，明天可不可以請你再多煮一鍋湯？」

「啥？」毛阿姨有些詫異。

「喝完苦湯後，會很想喝甜湯，所以，可不可以請你多煮一鍋甜湯。」阿力小心謹慎的說著話。

「一鍋甜湯？」毛阿姨想了想。「那麼，你們三個，還會來喝湯嗎？」毛阿姨問。

「會呀！」

「那樣的話——」毛阿姨點點頭，「好吧！一鍋苦湯，一鍋甜湯，對不對？」

三隻鼴鼠高興的點點頭。

阿胖趕緊叮囑：「最好是一鍋綠豆湯！」

阿力踢踢阿胖。

毛阿姨說：「放心，沒問題！」

於是毛阿姨的休息室裡，開始提供兩鍋湯。

一鍋苦湯，一鍋甜湯。

三隻小鼴鼠先喝苦湯，再喝甜湯。

苦湯喝得大伙們齜牙咧嘴，眉頭緊縮；甜湯喝得大家眉開眼笑，笑

容似花。

不過，喝完苦湯再喝甜湯，甜湯似乎更好喝了。

看到從第99號教室走出來的小鼴鼠們一臉高興的笑容，很多小鼴鼠們開始打探是怎麼回事；當他們知道了99號教室裡有兩鍋湯，心裡的算盤就開始噠噠響了——這樣好像也沒有吃虧哦！於是，上門喝湯的鼴鼠們越來越多了。

兩個星期過後，當阿力他們三個又進來喝湯時，他們發現毛阿姨竟然提供了兩鍋甜湯！沒有苦湯！

阿力看看阿發，阿發看看阿胖，三個同時問：「毛阿姨，為什麼今天沒有苦湯，只有甜湯？」

毛阿姨反問：「你們不是愛喝甜湯嗎？」

「是啊！」阿力點點頭，「可是——」

「阿力，謝謝你們。這兩個星期來，你們三個喝了很多苦湯，好苦，對不對？」

三隻鼴鼠又是皺眉又是點頭。

毛阿姨笑了笑，說：「今天起，我再也不煮苦湯了。」

三隻鼴鼠詫異的問：「為什麼？」

毛阿姨說：「自從我的孩子不見後，我的生活就像這些苦湯，心苦、

臉苦，什麼都是苦的；不過，自從看到你們喝完甜湯後甜蜜的笑容，我突然發現：為什麼我要把日子過得這麼苦呢？」

毛阿姨擦了擦眼角繼續說道：「我的孩子的確是失蹤了，不見了，也很有可能死了；可是，我還有鼴鼠學校這麼多可愛的孩子啊！我應該放下心中的『苦』，試著去過過『甜』的生活才對。」

三隻鼴鼠對看一眼，阿力說：「毛阿姨，什麼『甜的生活』、『苦的生活』，我們是不太懂啦；不過，我們想確定的是，

從今天開始，你每天都會煮兩鍋『甜』湯，對嗎？」

「對！」

「萬歲！」

「那——我可以點餐嗎？」阿胖說，「明天我想喝芋頭湯！」

「我要栗子湯！」

「樹薯湯才好喝！」

毛阿姨比了個OK的手

勢，「沒問題，毛阿姨這裡——天天有好湯，天天喝甜湯！」

第一次，三隻鼴鼠感受到了毛阿姨的改變——她再也不是之前那個嚴肅、老是板著一張臉的毛阿姨了；而是一個笑咪咪、慈祥和氣、又會煮兩鍋好喝的甜湯的毛阿姨了。

聽說，鼴鼠洞第99號教室成了鼴鼠洞裡最熱門的地方。很多鼴鼠們一早就來排隊喝湯；他們說喝了毛阿姨的甜湯，一整天上課都有好精神呢！

作者說 關於〈鼴鼠洞第99號教室〉

毛阿姨失去了孩子，她把她的痛苦封存在一鍋苦湯中，想念孩子時，就煮鍋苦苦的湯，逼來到99號教室的小鼴鼠們喝下。貼心的阿力，想安慰毛阿姨，可是又不喜歡喝苦湯……他想出了好辦法，用喝一鍋苦湯換來一鍋甜湯。毛阿姨也因此了解：放下過去的遺憾，人生還是處處有甜蜜。

猜一猜 這篇童話是誰寫的？

A **賴曉珍** 代表作：《小小猴找朋友》、《狐狸的錢袋》、「快樂的金小川」系列。

B **王文華** 代表作：「可能小學任務」系列、「小狐仙的超級任務」系列。

C **亞　平** 代表作：《我愛黑桃7》、《阿當，這隻貪吃的貓！》、《貓卡卡的裁縫店》。

4號童話

火星來的動物園——大野狼開公車

繪圖：楊念蓁

作者的大冒險真心話

聽媽媽的話！

八個作家寫同個主題的童話，當我獲邀參與這個計畫時，滿腦子想的都是：怎麼辦，怎麼辦，其他七個作家個個都很會寫故事，這下子……

「你先敷面膜，我幫你買了美麗日記，也有竹炭超奈米的面膜。」我媽媽大概以為我要上場去走秀。

「我是要寫故事。」

「沒關係，晚上我煮了人參雞，補了氣再寫故事。」

「人參雞哦，我比較喜歡吃蘋果雞……咦……」說到這兒，腦裡叮咚一聲，有個想法跑出來，如果寫隻愛吃蘋果的雞，或是去菜市場賣蘋果的雞？

媽媽搖搖頭：「又不是火星雞，還能去菜市場賣菜？」

媽媽隨便說，我卻彷佛看見一群來自火星的動物，在地球展開新生活……故事怎麼來？其實就是日常生活裡，想辦法找出來啊！

「火星來的動物園」遊客少，生意差，連星期天都沒人上門。

動物們很開心，大野狼還提議：「來玩躲貓貓，我當鬼，你們快去躲起來。」

才一下下，「火星來的動物園」裡，變得跟火

星一樣安靜。

「躲好了沒有？」大野狼問。

「躲好了。」所有的動物回答。

「我來抓你們了。」大野狼豎起耳朵，聞聞空氣，「哈！松鼠躲在孔雀家，孔雀藏在榕樹下，榕樹上躲了猴子和烏鴉。」

野狼一說完，小動物全出來了。

「不好玩，你太會抓了。」松鼠說。

「那換我去躲吧！」

大野狼最愛玩躲貓貓，他一溜煙跑到猴山上，蹲低身子，捲起尾巴，正以為沒人看

見他，頸子被誰一抓，一個聲音不高不低的說：「明天星期一，你去開公車，他們缺個司機。」

那人鬆開他，大野狼抬頭一看，是「火星來的動物園」園長。

大野狼抗議：「當初叫我來動物園，可沒野狼開公車的規矩。」

「沒錢就得餓肚子，明天開始，大家都得賺錢養活自己。」

「可是明天……太突然了，我還沒有心理準備。」大野狼其實想說，他還沒有玩夠哇！

「星期一是動物園休息日，這一天去打工，不影響你在動物園的工作。」

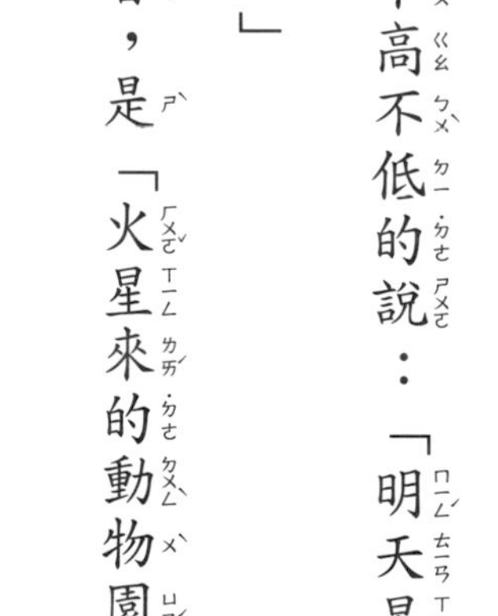

「但是，誰敢搭大野狼開的公車？」

園長要他放心：「都什麼年代了，沒人會怕動物園裡的大野狼，乖，先學開車，明天上班。」

「火星來的動物園」有輛遊園車，負責指導的是棕熊太太：「當司機要專心，眼觀四面、耳聽八方。」

「沒問題，我們狼族的眼睛大，耳朵尖。」

棕熊太太看看他，不放心：「爪子收好，尖牙藏好，別嚇到搭車的老太太。」

她說一樣，大野狼學一樣，午睡的鐘還沒響，大野狼就學會開車了。

「明天，明天是我第一天上班的日子，我是狼族有史以來，第一位開車的司機。」大野狼踩下油門，遊園車直線加速，颳起旋風，颳落大樹的葉子，颳倒冰淇淋的攤子，還嚇跑一輛小貨車，最後，咚的一聲，撞到一堵棕色的軟牆。

「你撞我。」這堵牆輕輕彈一下，遊園車滾了三圈。

咚，咚，咚！

大野狼推開車門，出來一看，唉呀，他撞的不是牆，是大象。

「你的車上要是有遊客，你負得起責任嗎？」大象很生氣。

更生氣的是棕熊太太：「不及格，還要加強練習。」

於是，動物園裡的籠子全打開，動物們都出來當乘客，看看大野狼會不會當司機。

動物們都沒坐過遊園車，大家都很開心，只有大野狼皺著眉頭：「不必那麼隆重吧？」

「小心開車，別講話。」棕熊太

太是第一個乘客，車門一關，遊園車往下一站移動。

站牌底下三隻小企鵝，小企鵝嘰哩呱啦。

一隻小企鵝說：「我要回家。」

另一隻小企鵝說：「我也要回家。」

大野狼沒好氣的問第三隻小企鵝：「你該不會也想回家？」

那隻小企鵝搖搖頭：「我不要回家。」

「那你要去哪裡？」

「他要來我們家啦，笨狼。」三隻小企鵝開心的跳了起來。

企鵝家在南極館，大野狼踩住煞車，把三隻小企鵝趕下車，沒看到棕熊太太猛搖頭：「對客人態度差。」

下一站，狒狒奶奶上車了：「糟了，我的帽子不見了。」

「簡單。」大野狼把車一停，跳下去，在木棉樹下找到狒狒奶奶的帽子。

「你怎麼知道我的帽子在那裡？」

「你的衣服上有木棉花絮，我猜你剛剛在那裡休息。」

大野狼很得意，找帽子就跟玩躲貓貓一樣簡單。

「對對對。」狒狒奶奶才剛坐下，她要去的站就到了。

「唉呀，你的帽子又忘了拿。」大野狼喊著，帽子往外一拋，準準的拋在狒狒奶奶頭上。

大野狼看看棕熊太太：「我明天可以去開公車了吧？」

棕熊太太嘆口氣：「公車司機不可以跑下車，不可以把東西扔出窗外。今天晚上，還要加強練習，你把遊園車開到小鎮繞一圈，如果你開得好，明天才能當司機。」

「那有什麼問題呢？」大野狼好開心，竟然可以把車開到動物園外，他握著方向盤，感覺全身每一根狼毛都快嗥叫起來。

傍晚的小鎮很安靜，圓圓的月亮升到路燈上方，每一戶人家都在做晚餐，家家戶戶的煙囪飄出香噴噴的味道，寬闊的馬路上，

只有這輛遊園車。

路燈邊，站牌下，七隻綿羊想搭車。

「請上車，請問想到哪裡去呢？」

七隻綿羊你看看我，我看看你，想了半天一起喊著：「沒。」

「你們還沒想到要去哪裡？」

七隻綿羊點點頭。

「沒關係，沒關係，」大野狼想起棕熊太太的話，對客人要有禮貌：「你們先到後面坐好，我們這輛遊園車的服務最好，你們

如果還沒想好目的地也沒關係，先交車錢，想好了再告訴我。」

「沒。」七隻小綿羊說。

「你們身上沒帶錢？」

小綿羊們抬起頭，用憂傷的眼神望著他。

「好好好，你們都這麼可憐，去坐好吧，把耳朵也拉好，我可不想讓你們的長耳朵給凍傷了。」

大野狼從後照鏡裡，看著七隻小綿羊點點頭，一隻挨著一隻跳到後頭。

「真是可憐的孩子，天氣這麼冷，連走路都得跳著呢！」

大野狼踩了油門，遊園車頓了一下，跳起來，往前開出

去時，從車子後頭咕嚕咕嚕滾來一根……紅蘿蔔。

「誰……誰的紅蘿蔔？」大野狼問，後視鏡裡的七隻小綿羊搖搖頭。

「有沒有人知道？」他又問。

「沒。」車廂後頭傳來這一句。

「那一定是我的，我的紅蘿蔔，雖然野狼不吃紅蘿蔔。」大野狼撿起紅蘿蔔，好像聽到後頭傳來吞口水的聲音，他回頭，七隻綿羊坐得好好的。大野狼掏掏耳朵，「嗯，應該是我聽錯了。」

月光下，馬路前面，警察拉起封鎖線，一隻犀牛攔下遊園車：「不好意思，警察抓小偷，請你們等一等。」

「犀牛怎麼可以當警察？」大野狼問。

「我今天實習，明天才正式上班，你怎麼會當司機？」犀牛警察問，「是不是……」

大野狼點點頭，動物園沒經費，大家都要出來打工賺錢，買食物養活自己。

「被偷了什麼東西？」大野狼問。

「我其實不能告訴你，但我今天還不算正式的警察，好像是有一部小貨車被偷了。」

「偷貨車？」

「是偷了貨車裡的貨物，」犀牛警察看看他們車上，揮揮手，「沒事，不好意思耽誤你們，可以走了。」

遊園車開過封鎖線，犀牛警察跟他們敬了個禮，但是，好像有什麼東西在大野狼心裡咚了一下。

車窗外，那部貨車看起來很眼熟。

啊，今天下午曾被他的遊園車嚇跑嘛！

車子裡，七隻胖綿羊全坐在一起，那麼胖的綿羊……

他把車停下來：

「你們的身體為什麼那麼胖？」

「沒。」七隻綿羊低下頭去。

「你們的耳朵為什麼那麼長？」

「沒。」七隻綿羊把頭壓得更低了。

「沒有嗎？」大野狼伸手一抓，抓著一隻綿羊的後腿：「好奇怪，你們的後腿為什麼那麼長？」

「腿長才跳得快呀，笨狼。」那隻綿羊，不，那是一隻兔子，他的後腿在大野狼的臉上一蹬，趁勢向後一翻，這一翻，從他的羊毛大衣裡滾

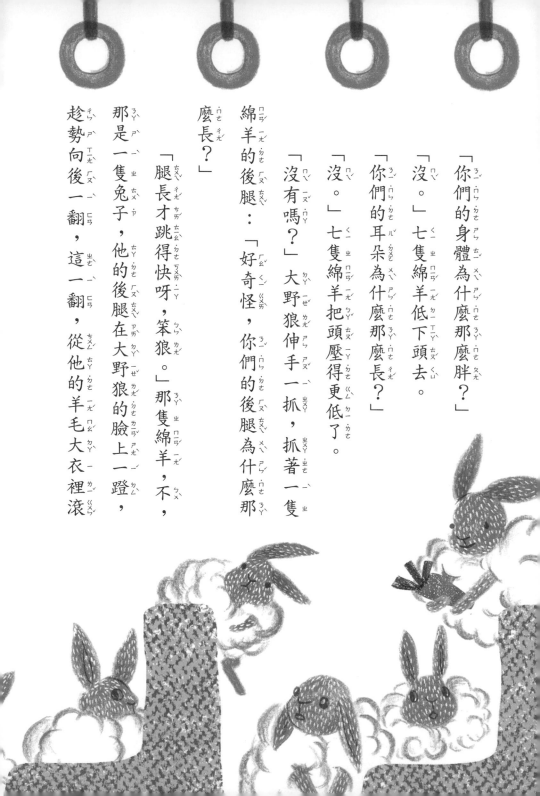

出好多好多紅蘿蔔：「兄弟們，快跑哇！」

七隻兔子動作快，分頭往七個不同的方向跳。

如果他們遇到一般的司機，早就全逃走了。

但是，他們遇到的是大野狼，大野狼動作更快，東一抓西一抓，上一抓下一抓：「好了好了！全乖乖坐好，怎麼做起小偷來了呢？」

七隻兔子抬起頭，眼睛紅紅的。

「動物園沒錢哪！我們要賺錢養活自己。」

「沒錢也不能當小偷哇！像我當公車司機，也很快樂啊！」

破案了！真的是七隻小兔子偷了貨車上的紅蘿蔔。

大野狼幫忙把小兔子送去警察局，一回到動物園，發現棕熊太太正等著他。

「我剛才把車子停下來，是因為我想要幫……」

棕熊太太嘆口氣：「不及格，不及格！你不能當公車司機。」

「不行？我可以解釋的，我想當狼族有史以來第一個公車司機。」

「公車司機要對客人熱心服務，要注意行車安全，這些你都沒做到，」棕熊太太用筆在紙上寫著：「但是你觀察仔細，判斷精準，行動也快，我會建議園長，你應該跟犀牛調換職位。」

「你是說……」

「沒錯，明天準時去上班。」棕熊太太笑了，她的手裡有一枚閃閃發亮的警徽。

大野狼警察第一天上班的日子，他在街頭，攔下一個戴著紅帽子的小女孩。

「我……我想去探望奶奶，她生病了。」

「是嗎？」

「我的竹籃裡放了麵包和葡萄酒，奶奶在家一定沒辦法自己煮飯。」

大野狼同情的說：「好孝順的女孩，我可以開警車送你去找奶奶？」

「不用了，我喜歡走路。」

「今天天氣這麼熱，你的葡萄酒不會壞嗎？」大野狼警察把竹籃掀開，裡頭有寶石、鑽戒和珍珠項鍊，「你專門去搶獨居老奶奶，現在我依法逮捕你，你還有什麼話說？」

作者說

關於〈火星來的動物園——大野狼開公車〉

我彷彿看見一群來自火星的動物，他們在地球展開新生活：開始新的冒險，新的嘗試，只有勇敢出發不怕困難，例如一隻大野狼去開公車……

哈，猜一猜下個故事換誰上場？

猜一猜 這篇童話是誰寫的？

A **王文華** 代表作：「可能小學任務」系列、「小狐仙的超級任務」系列。

B **劉思源** 代表作：《騎著恐龍去上學》、「短耳兔」系列、「狐說八道」系列。

C **王家珍** 代表作：《成語運動會之生肖成語來報到》、《童話村的魔法紅茶》。

5號童話

小天使.com

繪圖：尤淑瑜

作者的大冒險真心話

充滿變化的接力賽

「一加一等於二」是不變的數學公式，但創意的公式卻充滿變化。當八位童話作家一起奔馳想像大道，彼此碰撞，互相激發，勢將引爆無限的創意，而且從各種角度撞擊讀者，迸出燦爛火花。

很開心有幸參與這場狠有趣、狠挑戰、狠創意的童話接力賽，既緊張又痛快的和童友們盡情玩耍一場。

傷腦筋、傷腦筋、傷腦筋……天使長米爺爺搖搖頭，他真不知道該拿馬小勒怎麼辦？沒有人知道天使是怎麼誕生的？就連天使自己也不知道。

總之，天堂就是會突然出現一批批新的天使，準備出「上頭」交代，或「下頭」呼救的各式各樣任務。

馬小勒是位剛出生的小天使，一位名副其實的「小」天使——他什麼都小，年紀小、個子小、力氣小，膽子更小，比一顆豆子大不了多少，連看到小小的蟑螂都慌張的大叫。

雖然每天一早馬小勒便準時到「小天使.com」呼叫站報到，等著和

大家一起出任務，但米爺爺一看到馬小勒就傷腦筋，不知要派給他哪個任務。

天使最主要的工作是保護人類，大部分的天使一出生就高大健壯，力大無窮，武藝高強，立刻能加入出任務的行列。但偶爾也會有像馬小勒這樣的，不知怎麼冒出來的「小」天使？

米爺爺低頭看著馬小勒，這麼小的孩子手抬不動，肩扛不住，打架準打輸，不僅保護不了別人，說不定還會讓自己受傷。他腦海中冒出馬小勒翅膀折斷，被送進急診室急救的畫面……米爺爺搖搖頭，這該怎麼辦？

如果改派馬小勒當愛情天使或許願天使呢？

不行、不行，米爺爺猛搖頭，愛是一門很深奧的學問，派個不經世事的小娃過去，一定搞得天下大亂。人們許的願望有時不太妥當，也不是一個小孩子可分辨的……米爺爺又想，就算是幫忙換乳牙的牙天使，也得要不怕血呀！

他再看一看馬小勒，嘿嘿，馬小勒自己還沒換牙呢！

「神啊，我已經夠忙了，你還要我照顧這個沒有用處的娃娃嗎？」米爺爺忍不住向老闆抱怨幾句。

忽然一個念頭跑進米爺爺的腦子裡。

米爺爺把馬小勒叫過來，對他說：「馬小勒，你年紀小又沒專長，實在無法出任務。」

馬小勒聽了眼淚奪眶而出，小小的眼淚，好像小小小的露珠兒。

「討厭！連眼淚都這麼不起眼。」馬小勒低下頭，他又不是故意長得這麼「小」。

「不要哭、不要哭。」米爺爺最怕小天使難過，「我剛想到一個補救的方法，你趕快去天使雜貨店選一件寶物，增加保護能力再來報到。」

米爺爺怕馬小勒迷路，立刻呼叫一朵雲朵計程車，把他送往天使雜貨店。

天使雜貨店在天堂的另一頭，馬小勒整整坐了十二小時的雲朵計程車才趕到。

說是雜貨店，其實這是間二手商店兼修理店，什麼都賣，什麼都修。

雜貨店的主人是阿列爺爺。

他的年紀是個謎，沒有人數得清，就連他自己也記不得了。

阿列爺爺主要的工作就是幫天使們修理破損的翅膀。

簡單的是，破損的翅膀只要用光線補一補、縫一縫就可以了，不需要什麼特別的技術。不簡單的是，天使不只一種，天使的翅膀也不只一種，縫補時還是需要小心處理，例如最常見的幾種：

TOP 1	TOP 2	TOP 3
 羽毛翅膀	 火翅膀	 風翅膀
保護天使的標準配備，絕大部分是純白色的羽毛，厚厚的羽毛防風防水，禁得起長途飛行，上天下海出任務。	熾天使專用，大大小小的火焰散發著光和熱。	風天使專用，由透明的風裁剪而成，有微風、暴風、旋風等多種款式。

……至於其他的，就留給你猜囉！

而雜貨店後方的倉庫則是資源回收站，收集了許多被淘汰的天使配備，例如已經不會發光的天使環、染成灰色的翅膀羽毛、斷成兩截的天使弓箭……你想得到的和想不到的都有。

馬小勒禮貌的把來意告訴阿列爺爺。

「原來是米爺爺叫你來的。」阿列爺爺點點頭，「不過我太忙了，只好請你自己去挑吧。」

馬小勒興奮的跳起來，就往倉庫裡頭衝。

「等一下。」阿列爺爺把馬小勒拉回來，「那些回收品雖然又舊又破，但有些還藏著強大的能力，你絕對不能貪心，只能挑適合自己『大

小』的喔。」

「知道了。」馬小勒嘴巴這樣說，心裡可不這麼想，「我一定要找到能力超強的那一個。」

馬小勒走進倉庫，這兒空間不小，東西不少，並且分門別類的放在各個回收桶裡，但因為阿列爺爺太久沒有整理，不是這個缺一角，就是那個斷一截，到處布滿灰塵和蜘蛛網。

「有蜘蛛網就一定有——蜘蛛！」馬小勒怕蟲是出名的（真正說起來，蜘蛛不是昆蟲），立刻倒退三步。

咚一聲，他感覺後腦杓撞到一團軟綿綿的東西。

馬小勒轉過身去，一位胖胖的天使正站在他面前，

他剛才撞到的正是他那圓圓滾滾的大肚子。

「哈囉，我是巴大哈。」胖天使一邊啃甜甜圈，一邊自我介紹，因為阿列爺爺不放心馬小勒亂翻亂找，特別請巴大哈來看看。巴大哈算是助理管理員，至於為什麼他會來到這裡呢？那又是另外一個故事了。簡單說，巴大哈太胖，常常飛不起來，從天上掉下來……有次剛好跌到資源回收站，就「順便」被阿列爺爺「回收」了！

馬小勒首先看中一把古劍，雖然劍刃上有多處鏽蝕，但清理後應該非常鋒利。

巴大哈看了馬小勒一眼，「你要不要提提看這把劍？」

馬小勒聽了，試著把古劍從回收桶裡拔出來。

但他用盡力氣，僅僅提起來一公分，古劍又碰一聲掉下去。

巴大哈哈哈大笑，大大的肚子游泳圈抖個不停。

巴大哈把古劍拔出來，這把古劍是鑄鐵劍，可重的呢！

馬小勒立刻放棄這把古劍。就算他拼命扛著這把古劍，大概連一步路都走不動吧，「武器」變成「重擔」鐵定不划算。

接著馬小勒的眼光被一雙加大X號舊翅膀吸引。而且翅膀是羽毛織成的，應該不會太重。

巴大哈「好心的」幫馬小勒把大翅膀安裝在背上，沒想到，翅膀比馬小勒還高半截，長長的羽毛拖在地上，馬小勒才走一步就絆倒，跌個狗吃屎。

「哈哈哈……哈哈哈……」這次巴大哈笑彎了腰（嚴格來說，他胖的找不到腰在哪兒）。

這也不行，那也不行，馬小勒低下頭，他現在比來天使雜貨店之前還氣餒。

「好啦！我來幫你。」巴大哈走到最後面，從最小的桶子裡，挑了一枝小仙杖給馬小勒。這枝小仙杖一點也不起眼，就像一根光禿禿的小樹枝。

馬小勒搖搖頭，說實在的，他一點也不想要。

巴大哈敲了一下馬小勒的頭，細心的把

小仙杖擦乾淨，交給馬小勒，「不要小看它喔，雖然它不能使願望成真，也不能變出想要的東西，但是它有一個超強的『暫停』功能。」

「這有什麼好處呢？」馬小勒很沮喪，臉拉得像馬一樣長。

巴大哈把馬小勒推出倉庫，「這得要你自己慢慢體會嘍！」

馬小勒心不甘情不願的回到天使呼叫站跟米爺爺報到。

沒想到米爺爺卻頻頻讚賞，「沒錯，這枝小仙杖最適合你了。」

他們正說話時，忽然呼叫站的電話鈴聲大聲響起來。

米爺爺趕緊接起「報案」電話。

原來是可樂鎮的守護天使傳來的，有一個名叫米米的小男孩跟媽媽賭氣，「第一次」離家出走，急需一位小天使隨身保護。

但這會兒呼叫站的天使們通通都去出任務了，只剩下馬小勒。

「馬小勒！就是你了。」米爺爺大筆一揮，在點名簿馬小勒的名字上打個大勾勾。

馬小勒興奮的跳起來，這是他「第一次」出任務，一定要大顯身手。

「飛吧！」米爺爺把馬小勒放在手心，吹了一口氣。

馬小勒感覺背上小小的翅膀微微顫抖，然後一瞬間張開，飛了起來。

米爺爺和馬小勒說再見，「要記得好好照顧別人，也要好好照顧自己。」

米爺爺說著轉過頭，眼眶紅紅的。

天使呼叫站

唉！不爭氣。

雖然對米爺爺來說，他已經送出去數不清的新生小天使；但對每一位小天使來說，都是第一次出任務啊！米爺爺仍然不放心這些小寶貝。

第一次出任務的小天使，碰上第一次離家出走的小男孩，米爺爺只能禱告希望不要出太「大」的差錯。

馬小勒開啟頭環的導航功能，立刻找到了目標物「米米」。

一個五歲的小男孩，穿著睡衣走在車水馬龍的大街上。

「嗯！看起來是臨時起意出走的。」馬小勒迅速掃描一下，米米口

袋裡只有三片餅乾，其他什麼也沒帶，「唉！這孩子經驗不足、準備不周，八成已經後悔了。」

馬小勒跟在米米身邊就近保護他。

米米走著走著，走到十字路口。

忽然一輛摩托車從轉角飛馳過來。

馬小勒本能的張開翅膀撲過去，噗一聲，他手上的小仙杖忽然亮了一下。

摩托車居然「暫停」了一下下。

米米毫髮無傷，完全沒被摩托車撞到。馬小勒也只掉了幾根羽毛。

「好險哪！」馬小勒拍拍胸口，剛鬆了一口氣，沒想到又突然颳起一陣風。

早餐店上次被颱風吹得呱呱叫的招牌，終於不堪最後一擊砸下來。眼明手快的馬小勒張開翅膀硬擋一下，但他手上的小仙杖比他更快速，又閃了一下。

搖搖晃晃的招牌在空中「暫停」了一下，才慢慢的掉在地上，一個行人也沒砸到。

馬小勒歡呼一聲，他終於知道手上這枝小仙杖的功能無比強大。有些災禍，只要「暫停」一下，搶到一點時間，或許就不會發生了。

馬小勒暗自慶幸，短短的一條街，危險比他想像得還多。

雖然接連阻止兩個災禍，但馬小勒的任務還沒完成，重點是要把米米送回家，或是讓家人找到他。這下該怎麼辦？

馬小勒打死也沒想到（認真說起來，天使原則上是不會死的），這時米米居然拉了拉他的翅膀。

「你看得到我？」馬小勒大驚小怪的叫。

米米點點頭，但他不覺得這件事有什麼稀奇，馬小

勒不過是一位穿著過時的「翅膀裝」，拿著一根小樹枝的怪小孩。

米米很早就知道，自己也是一位怪小孩，專門說「不要」的那種。

米米其實已經走了很久很久，完全迷路了。他很害怕，也很擔心，不知道爸爸和媽媽到底找不找得到他？

偏偏這時候，天上起了一些烏雲，下起毛毛雨。

「啊！來不及了！」馬小勒拿起小仙杖，想請小烏雲「暫停」一下，別這麼快走過來。

但是小烏雲跑得超級快……沒辦法啦！馬小勒張開翅膀，把米米擁抱在懷裡。

喔喔！這下更尷尬，馬小勒的個子比米米還小，所以米米的頭和肩膀還是整個露在外面，淋得濕漉漉的。

馬小勒歪著頭，這時候他還能做什麼？他看看小仙杖，再看看米米。

「暫停！」馬小勒對著米米不停的揮小仙杖，希望讓米米心中的不安「暫停」一下又一下……

真的太幸運了！

就在這段「暫停」時間中，米米的爸爸和媽媽飛奔過來。

「第一次出任務就成功！」馬小勒開心的飛回天使呼叫站，向米爺爺報告，並計畫下一次救援任務，例如在引發森林大火前，暫停一下，把沒有熄滅的菸蒂熄滅；或是讓哪個頭昏昏的車子闖紅燈前，暫停一下

等等。

沒想到、沒想到、沒想到……馬小勒剛抵達呼叫站，巴大哈已經在等他了，手上拿著一根小樹枝。

巴大哈一時大意，他給馬小勒的那根樹枝，是昨天掃地時隨手撿的。

那……那……米爺爺哈哈笑，只要有心，任何破銅爛鐵也可以變得有超能力喔。

作者說 關於〈小天使.com〉

首篇主題「第一次」蘊涵誕生、開始、前進、探索等意義，甚至第一次被拒絕、第一次受挫折、第一次說再見……都是淬鍊勇氣的心操場，鼓舞我們邁開成長的步伐。

猜一猜 這篇童話是誰寫的？

A **賴曉珍** 代表作：《小小猴找朋友》、《狐狸的錢袋》、「快樂的金小川」系列。

B **劉思源** 代表作：《騎著恐龍去上學》、「短耳兔」系列、「狐說八道」系列。

C **林世仁** 代表作：《小麻煩》、《流星沒有耳朵》、「字的童話」系列。

6號童話

天天貓

繪圖：李憶婷

作者的大冒險真心話

展開童話8次方

20180519是一個神奇數字，這一天，字畝文化邀集八位童話作家在青田茶館，腦力激盪出這一本書的主題架構。難得跟這麼多童友「英雄聯盟」，我很想跟大家一塊合力，激起一次童話界的八級地震或八次驚艷（希望不是八次哈欠啦）。可惜我欠稿多、動作慢，不但最後一個交稿，寫出來的作品也不夠酷炫，沒達到「動作片」的強度。

還好，其他七位童友一定都寫得很好玩、很好笑、很好看。那麼，我這一篇就請大家放慢腳步，輕鬆欣賞。因為〈天天貓〉是從我的童年遙遙遠遠回盪過來的。

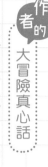

天天貓來的時候，我正在睡覺。

問我怎麼知道？

因為我一睜開眼睛，牠就坐在那裡，看起來好像等了很久。

「你醒了？」

「嗯。」我揉揉眼睛，好像剛從一百年的夢境裡醒來。

「可以走了嗎？」

「去哪？」

牠沒回答，只是伸了個懶腰，好像牠已經等了一百年。

藍色的影子轉過身，鑽出門。

我想跳下床，卻只是坐起身，膝蓋「喀嚓」一聲。我揉揉它，好一

會兒才站起來。

我擔心牠跑遠了。

沒有。

牠在門口等我。眼神不耐煩的睨了我一秒，繼續往前走。

我一邊跟，一邊忍不住罵自己：嘿，我幹嘛要跟著牠走啊？沒辦法，牠就像一只神祕吸鐵，我是那沒有用的小鐵釘。

轉進公園，天天貓停在一棵樹前。咦？是我小時候爬過的金龜樹！

當然，我小時候爬的不是這一棵。

「進去吧！」天天貓舉起牠的招財手。

「進去？怎麼進——」我的話還沒說完，天天貓手一揮，樹就裂開一個洞，我哎呀一聲跌了進去——

這事沒有發生。

我仍然好端端的站在樹前。

天天貓又把另一隻手高舉過頭，示意我照著做。

我把雙手都高舉起來。

「想走進樹，就要先變成樹。」天天貓說得好像自己是一棵「貓樹」。

那我不就成了「人樹」？

我動動左手，又搖搖右手，假裝風正吹過我的「左手枝椏」和「右手枝椏」……

「哎呀！」好痛！

我捂捂臉，誰用石頭K我？

哇，樹下有好幾個小男生。其中一個盯著我，嘻嘻笑。

「臭小子！你幹嘛？」我大吼一聲，聲音卻小得像蚊子。

我想跳下樹去罵他，卻發現自己飛了起來。

咦？這是怎麼回事？

我正發愣，一個小網子朝我兜來——

「快逃！」一隻藍色的金龜子撞過來，我掉下去，又飛起來，避開了網子。

「還不快躲起來！」藍金龜往上鑽

進樹叢裡。我趕緊也鑽進身邊的樹葉堆裡。

「那裡還有一隻！」一個又黑又瘦的小男生大叫。網子往別處揮去。

「哈，抓到了！抓到了！」一個胖男生哈哈大笑。

「用網子抓算什麼英雄？」另一個高個子男生右手握成拳，也抓到一隻，跳下樹。「空手抓金龜，這才本事。」

「哼，我們來比賽遛金龜，看誰厲害？」

「誰怕誰！」一群男生追著兩人跑遠了，大概要回家找線來遛金龜。

「遛金龜」這遊戲我知道。找一根長線，一端綁在金龜子的腳上，一端纏繞在自己的手指頭。一放開，不管金龜子怎麼飛，都像手上的風箏，只會在空中繞圈圈，逃不了。

四周靜下來，我才回過神，腦細胞迅速轉了好幾圈。

一，我不在樹下，在樹上！

二，我不是成年的大人，是金龜子！（不知道是幾歲的金龜子？）

我四下打量一番。

這哪裡是公園！旁邊有座小山，光禿禿的，只四周長了幾棵樹。這小山——啊，是我小時候村子邊的小土丘！

老天，我回到小時候了？還變成了金龜子？

「天天貓！天天貓！」我飛起來，到處找牠。

藍金龜飛出來，停在我面前，眼睛像貓咪一樣賊賊笑。

「這是怎麼回事？我怎麼變成了金龜子？」

「問牠們嘍！」藍金龜聲音一揚，「我答應牠們要帶你來。」

「誰？」

「我們。」不同的葉子下鑽出不同的金龜子，圍了一圈把我包圍在中間。

「我們本來要開會的。」一隻青銅金龜說。

「你卻害我們的國王被抓走了！」一隻大白金龜瞪著我。

「你們的國王？」我開始擔心我小時候是不是做了壞事？

「剛剛被網子抓走的那一隻。」

「哦？剛剛拿網子抓走牠的是小時候的我？」我莫名覺得有一些得

意。我抓過金龜子國王呢！

「少臭美。」藍金龜的貓眼瞅了我一眼，「你小時候敢抓金龜子？」

我一下子紅了臉。我小時候膽子小，捉魚、釣青蛙、抓麻雀，我都只敢站在旁邊看。

「那個告密的小鬼才是你！」一隻艷金龜忿忿的說：「要不是你亂叫，國王也不會被抓走。」

那個又黑又瘦的小鬼是我？

慘了！我的腦袋瓜涼了一下。

我害牠們的國王被抓走，牠們鐵定

要處罰我！

果然，我聽到好多聲音同時響起：「我們要處罰你。」

處罰？把我的腳吊起來，讓我嘗嘗被遛金龜的滋味嗎？

我默數了一下四周，三、四十隻金龜，很難逃走。

一隻鹿角金龜說：「我們要處罰你代替國王，召開這次會議。」

哇，這是什麼處罰？

我嚇一跳，又鬆了一口氣。看來金龜子的腦袋瓜太小，不夠聰明。

「好，我願意接受處罰，代替國王來開會。」不知怎麼回事，這麼一說，我竟然有一些飄飄然。嘿，我代替國王呢！

所有金龜子都坐好，準備開會。

「你要說——會議開始。」鹿角金龜說。

「會議開始！」我忙說。

所有金龜都點點頭。

「你要說——會議結束。」鹿角金龜又提示我。

「什麼？」我愣了一下，「會議結束？」

「要果斷一點。」鹿角金龜瞪了我一眼。

「會議結束！」我忙說。

「很好，你要執行會議決定。」鹿角金龜說。

「可是我們還沒開會啊？」我滿頭大霧。藍金龜在一旁偷偷笑。

「開完了，也決定了。」鹿角金龜說：「我們每一隻都點頭同意放棄自己的方法，由你來幫我們救回國王。」

哈，這可妙！「你們每一隻都有救回國王的方法？」我問。

「當然。」鹿角金龜說。「如果要借用大自然的靈力，我們有三、四十種方法可以處罰人類、救回國王，但是，那樣太殘忍。我們也會因此付出生命。再說，我們也不介意跟人類玩，只是不喜歡被抓走就不放。」

哦？我可不信小小的金龜子能對人怎樣。

藍金龜的貓眼瞄了一下鹿角金龜，好像在說：「看吧，我就說這個傢伙不會相信。」

鹿角金龜嘆口氣，指著幾隻金龜子，「好，你們就示範一下。」

半空中出現一個螢幕。

影像出現，一群黑金龜迅速飛起，咻咻咻！穿過一個人、兩個人、三個人……每個人都痛得唉唉叫，身上出現「洞洞裝」，簡直像中彈一樣！

影像變換，一隻青銅金龜吸口氣，全身脹大成一個鐵甲武士。牠的長腳一揮，人身上的十根手指像香蕉一樣，一根一根全掉下來！

又一個新畫面。一排糞金龜騰起後腳搓啊搓，把空氣搓成一團球。牠們的屁股後面出現一長串「空氣泥丸」，霹靂啪啦！像機關槍一樣激射而出。每一個被擊中的人，不是痛昏就是被臭昏！

不同的金龜子，變身成不同武器。銅艷白點花金龜把人叮成一朵一朵醜醜花，扁花金龜一下子就把人吸成扁扁的氣球，大白金龜咬一口就讓人變成白子，缺齒青銅金龜一下就讓人的牙齒掉光光……

哇，這是什麼魔法？太可怕了！

影像一消失，我立刻點頭。「我去把國王救回來！」我覺得我更像是要去拯救那一群小男生。

怎麼救？我足足想了一下午才想到方法。「你們也要來幫忙喔！」

村子裡，一下飛來好多金龜子。

小男生全跑了出來，「哇，金龜子！」

每個人一伸手都抓到一隻。「耶，我們也可以來遛金龜了！」

不一會兒，大家手上都多了一隻「金龜風箏」。除了小時候的我——嘿，怎麼那麼膽小哇？連金龜子都自動送上門來了還不敢抓。

小男生全集中到村前廣場，比賽遛金龜。我看到國王了，一隻長臂金龜。牠繞著胖男孩的頭頂一直飛。旁邊的高個子男孩，遛著另一隻金龜。兩隻金龜互相喊著：「國王！國王！」「王后！王后！」原來王后也被抓來了。

金龜子飛得愈來愈用力，小男生的手都開始有些吃力了。傍晚的風變大，呼呼呼，把金龜風箏吹得更緊繃，小男生的手開始僵疼起來……胖男生空著的左手立刻握過來，握住他的「風箏右手」。「嘿，這樣比

較省力！」

其他小男生有樣學樣，全都左手握著右手，好像在跟金龜子拱手問好。

好機會！我大叫一聲：「開始——繞！」

所有金龜子不再往上飛，全都往下飛，繞著小男生的手腕，用力轉圈圈……

「哎呀！」「哎呀！」「哎呀！」——

一雙一雙舉高的小手，全被線緊緊纏住，像一雙雙祈禱的手。

哈，知道厲害了吧！小傢伙們。

快道歉！只要道了歉，保證以後不亂抓金龜子，我們就放開你們喔！

可是……沒有小男生道歉！

他們全驚呆了，呆站在那裡，不知道該怎麼辦。

一個男生甚至哭了起來。

咦，怎麼跟我想的不一樣？這下該怎麼辦？

連空氣都快要變呆時，胖男生哎喲一聲叫了起來。

「哇！金龜子在咬我，咬——噢不，在親——親我？」

「我也是。」

「我也是！」……

小男生瞳孔裡的驚嚇變成了說不出來的感覺。

嘿，這些金龜子在幹什麼？應該狠狠咬他們才對！要他們記住教訓哪！

廣場上，一群呆站的小男生和飛不走的金龜子。怎麼看怎麼奇怪。這樣下去也不是辦法。我四處張望，焦急的想：如果有燕子的剪刀嘴來幫一下忙就好了！

忽然，一個熟悉的身影從村子裡跑出來，手上拿著小剪刀。

喀嚓！喀嚓！喀嚓……

一雙雙小手重獲自由！一隻隻金龜子也重獲自由，一隻隻飛走了！

我看著拿著剪刀的小時候的我，忍不住飛過去，在他額頭上親了一下。

他笑咪咪的看著我，對我伸出手。我在他手上停了一下，又飛起來。

「做的好！」我對他說。「以後也要這麼勇敢喔！」

他好像沒聽懂，笑著對我說：「要好好活下去喔！」

會的，所有的金龜子都會好好活下去。

至於我嘛，我可不想在這裡好好活下去。

我追上藍金龜，盯著牠的貓眼睛一直看，一直看……

「喵！」天天貓叫了一聲，放下招財手。

我抬頭看看金龜樹，一隻長臂金龜飛到我手上。老天，牠的前足有身體兩倍長，連到後足幾乎跟我的手掌一樣長，前胸的綠色光澤美麗極了！牠是國王的第幾代子孫？我不知道。我把手舉高，牠在手上方飛了幾圈又飛回樹上。

我轉身走回家。

天天貓呢？牠沒跟上來。也許，是又去找誰了吧？

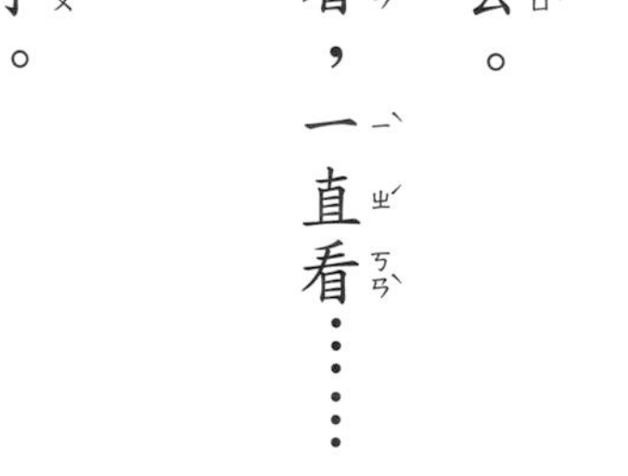

作者說 關於〈天天貓〉

〈天天貓〉是從我的童年遙遙遠遠回盪過來的。它不像我的其他童話，卻觸動了我的心弦。我小時候膽子小，卻愛跟著大家去抓金龜子。感謝天天貓來敲開我的童年，讓我可以用這一篇小童話來跟金龜子「贖罪」。

猜一猜 這篇童話是誰寫的？

A **林世仁** 代表作：《小麻煩》、《流星沒有耳朵》、「字的童話」系列。

B **王淑芬** 代表作：《我是白痴》、《小偷》、《怪咖教室》、《去問貓巧可》。

C **顏志豪** 代表作：「插頭小豬」系列、「神跳牆系列」。

大老虎和小醜

7號童話

繪圖：陳昕

作者的大冒險真心話

一起打造八座童話主題遊樂園！

某一天，接到童話馬拉松邀約，我考慮九秒鐘，爽快答應。

第一次嘗試跟幾個童話作家同時創作同一個主題的童話，小小的緊張被大大的興奮蓋過。好像把一塊空地分成好幾等份，每個人在分到的空地上盡情揮灑創意，規畫出風格各異的遊樂器材，同心協力建構童話遊樂園，等待滿懷童心的大小孩子來玩耍，探索童趣。

很久很久以前，世界上有很多馬戲團，但是都沒有小丑表演，第一次小丑表演是什麼時候呢？世界上第一個小丑又是誰呢？故事得從大老虎說起。

大老虎是金星馬戲團五隻老虎中，最會跳火圈的大明星。其他四隻老虎跳的火圈和大呼拉圈一樣大；而大老虎跳的火圈卻比小呼拉圈還小一點。

雖然練習過很多次，大老虎第一次表演跳火圈時，既緊張又害怕。深呼吸三次後，他專注的盯著窄

小的火圈，神奇的事發生了，小火圈變得比大呼拉圈還要大。當馴獸師的皮鞭聲響起，大老虎就像一支飛箭，筆直射過火圈，他輕巧落地，繞場一周之後，又跳上高臺，翻滾著跳過另一個大火圈，酷帥的模樣迷倒觀

眾，金星馬戲團的頂篷幾乎被掌聲震破。

大老虎對自己的表現非常滿意，抬起下巴接受全場歡呼，走路都有風。

團長很重視大老虎的表演，讓他住最寬敞的獸欄車，給他吃最高級的鮮肉，請攝影師為他拍最酷帥的宣傳照，馬戲團廣告看板寫著：「全世界最會跳火圈的老虎」。

跨年夜在皇宮前那場表演，全場爆滿，表演進行到最後一個節目，舞臺和觀眾席之間架起鐵柵欄，四隻老虎先出場，馴獸師指揮他們輕鬆跳上高臺，跑過平衡木，依次跳過大火圈。

接著大老虎出場了，小鐵圈捆著細細的棉繩，當助手澆完蠟油、點

上火苗，馴獸師會在火苗剛好繞成一圈、火勢最微弱的時候，揮舞皮鞭指揮大老虎起跳，當他的尾巴穿越火圈時，火勢會整個燒起來，驚險又恐怖。

「他就是全世界最會跳火圈的老虎。」一隻火紅狐狸小聲的說，大老虎聽得清楚，眼角餘光瞄得明白。

「你是我心目中最帥的大老虎，我好崇拜你。」一個更小的聲音說，大老虎聽得清楚，眼角餘光卻沒瞄到，是那隻有黑眼圈的浣熊嗎？還是那條盤在地上像蚊香的小綠蛇？或者是……大老虎眼光飄走了。

啪！的一聲，馴獸師皮鞭聲響起，大老虎愣了一秒才奔跑起跳，在火勢轉強的時候穿越火圈。鬍子和眉毛先燒起來，接著是耳朵和鼻子，然後是兩邊大腿外側的毛。

大老虎摔落在沙地上，馴獸師大叫：「翻滾翻滾！」大老虎驚慌害怕的在沙地上翻滾，直到身上的火完全熄滅。

大老虎的眉毛和鬍子沒了，鼻子也燒傷，耳朵上的毛也燒光光，身上的毛燒焦好幾塊，幸好只是皮肉傷，休息半個月就可以回到舞臺上表演。

但是這場火在大老虎的內心留下無法抹滅的傷痕，他失去信心，一提到跳火圈就頭疼，無法上臺表演，在馬戲團的地位一落千丈。

大老虎生平第一次嘗到被歧視的痛苦，第一次偷偷流下傷心的淚水。

以前大老虎是馬戲團的臺柱，為馬戲團賺進大把鈔票，也為自己掙得大塊吃肉的權利。現在，他變成馬戲團的累贅，成天躲在獸欄車裡自怨自艾、抖著肩膀偷偷哭泣，一個月幾萬塊錢的餐費變成沉重負擔，如果他再不振作，團長就要把他踢出馬戲團。

團長對馴獸師說：「先讓大老虎做些輕鬆的事，等他好了就讓他跳火圈。」

馴獸師想不出該讓大老虎做什麼輕鬆的事。

走鋼索？鋼索肯定被大老虎走斷！

空中飛虎？那幾隻小小的空中飛鼠哪裡接得住飛過來的大老虎？

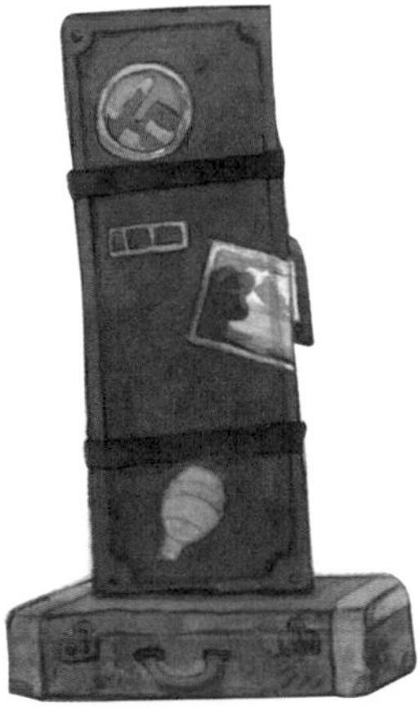

馬背騎術表演？雖然有「馬馬虎虎」這個成語，但是每一匹馬都搖頭拒絕這個「馬馬虎虎」的合作方案。

變魔術？首席魔術師說，如果讓大老虎也來變魔術，他就把火星馬戲團變不見，哼！

「乾脆把大老虎分派給土狼兩隻，拿牌子當報幕員去。」團長丟下這句話，叫馴獸師看著辦。

馴獸師把團長的決定告訴大老虎，他氣得大吼大叫，把整個馬戲團成員都罵過一輪，說他寧願死掉也不願意跟土狼排排站。團長聽到大老虎罵他是大禿頭，氣得要命，下令不准再餵他吃肉，讓他吃過期的狗餅乾，大老虎氣得把餐盤打翻，寧可餓死也不屈服。

一天深夜，大老虎又在獸欄車裡偷哭，一個小聲音對他說：「你是世界上最帥的大老虎，我崇拜你。」

大老虎記得這個聲音，他咬牙切齒的說：「就是你害我分心，被火燒掉所有的一切，你是誰？給我站出來、報上名來。」

一隻土撥鼠從土裡冒出頭，說：「我叫小醜，看過好幾場你的表演，太精采了，希望你能再站上舞臺，不管你變成怎樣、不管你表演什麼，永遠都是我心目中最帥的大老虎，我崇拜你。」

大老虎生氣大吼：「你害我不能再跳火圈，現在想看我跟土狼一起出醜嗎？給我滾得遠遠的，滾！」

土撥鼠一溜煙就不見蹤影。大老虎想到自己再也不是全世界最帥的大老虎、再也不敢跳火圈，又想到團長臉上的不屑，不禁悲從中來，放開喉嚨痛痛快快大哭一場，邊哭邊想起土撥鼠的話。

其實，在那場表演中，害他分心的，並不是土撥鼠的讚美，而是他的驕傲與虛榮——想看清楚是誰在稱讚他。

土撥鼠在獸欄車前說的那段話，是大老虎受傷以來第一次聽到溫柔讚美的話，這些話鼓舞了他，讓他想要再站上舞臺，就算是跟土狼兩隻搭檔也行。

第二天一早，大老虎把團長叫來，說如果新鮮肉塊立刻送到，他可以勉為其難跟土狼兩隻一起表演，團長以為狗餅乾策略奏效，點點頭沒說話。

團長叫大家幫大老虎一把。魔術師送來舊的高帽子；巨人丟給他色彩俗豔又太過寬大的花西裝；侏儒送了彩色條紋高統襪和已經開口笑的黑色舊皮鞋，剩下的就交給化妝師阿貓來打點。

阿貓幫大老虎畫上大大的黑眼圈，好遮住光禿禿的眉毛，再用口紅把嘴巴畫成原來的兩倍大，遮住沒有鬍鬚的臉頰，焦黑的鼻子沒辦法上妝，便套上老鼠的小紅帽。

大老虎任憑阿貓擺佈，土撥鼠那些溫柔的話語，從耳朵進來，停留在心底深處，把他的心捂得好暖。

大老虎在受傷四十九天後，重新回到舞臺，第一次擔任報幕員。他舉著牌子在後臺等著，土狼兩隻被他的大屁股擠在牆邊，時間一到，他倆蹲低身子搶先跑出來，這是他們唯一拿手的工作，豈能讓大老虎搶走風頭。

大老虎哼了一聲，就算現在倒大楣，也不能容許走在土狼兩隻屁股後面這種「虎落平陽被土狼欺」的糗事。他大跨步往前一跳，伸出牌子，絆倒土狼兩隻，害得他們一隻往東滾，鼻子撞到鐵柱；一隻往西滾，屁股撞到大鼓，把觀眾逗得哈哈大笑。

大老虎舉著牌子往場中央走，開口笑皮鞋咬到太長的褲腳，一個踉蹌，跌了個大「虎」趴，鼻頭重摔在地，痛得眼淚都飆出來，手上的牌子往外飛出，不偏不倚的敲中土狼兩隻。這對難兄難弟才剛站起來跑到場中央，又被打趴在地，觀眾笑著拍手大叫：「大老虎是神射手，好準，好厲害！」

趴在地上的大老虎，明明痛得齜牙咧嘴，但是他臉上畫的妝，卻讓他看起來像是開懷大笑，觀眾被逗得笑哈哈，團長和馴獸師看了也哈哈笑。

大老虎左腳扭到，一拐一拐慢慢走，土狼兩隻想讓大老虎出糗，跟在他身後，一邊做鬼臉，一邊學大老虎走路。大老虎眼角餘光瞄到土狼兩隻在背後搞鬼，他大聲宣布：「接下來請觀賞精采的空中飛鼠。」再來個就地轉身，把土狼兩隻掃趴在地。

空中飛鼠表演結束，就輪到魔術師上場。大老虎一手舉著牌子，一手提著褲腳，出場報幕。土狼兩隻躲在他背後，拿著剪刀，喀嚓喀嚓，

不知道在剪什麼？大老虎轉身吼他倆，觀眾卻爆出哄堂大笑，原來土狼兩隻把他的褲子剪出兩個大洞，露出焦黑的肥屁股，和只剩半截的醜尾巴，好糗好糗。

大老虎拿牌子護住大屁股，往後臺退

去，開口笑皮鞋又咬了太長的褲腳一口，碰的一聲仰摔在地，土狼兩隻順勢往上彈，好像被大老虎摔落地的氣勢震得跳起來，大家又笑了。大老虎爬起來喊：「接著請觀賞魔術師的精采表演。」狼狽的退入後臺。

馬戲團每一場表演，除了開場和結束的「歡樂大繞場」，還有七個節目，大老虎和土狼兩隻每場表演都要負責七次報幕，他們或是故意出糗、或是惡意作弄對方、或是不小心吃癟，都讓觀眾開心大笑，笑到眼淚都飆出來了。很多觀眾都說他們的報幕表演才是最精采好笑的節目，也有很多觀眾為了看他們的搞笑表演才買票入場。

馴獸師因為盲腸炎送醫院開刀的那個週末，團長抽掉四隻老虎跳大火圈的表演，讓大老虎和土狼兩隻上場搞笑。本來只是配角的他們，竟然變成主秀，預售票賣光光，幫馬戲團賺進大把鈔票，團長樂得哈哈笑。

有一天，團長找大老虎商量，讓他和土狼兩隻開個搞笑節目，專門逗觀眾笑，大老虎不知道該怎麼回應，土狼兩隻低著頭站在他屁股兩旁也不敢吭聲。

團長說：「沉默就是同意。節目名稱該取什麼好？」

成功的光環失而復得，看盡人情冷暖的大老虎想起那隻肯定他的土撥鼠，那隻讓他找回信心、重拾希望的小醜，他說：「就叫小醜表演吧。」

大老虎想趁機感謝小醜，團長也很喜歡「小醜表演」這個名稱。馬戲團的廣告畫師很會畫畫，卻不喜歡寫字，把「小醜」寫成「小丑」。

小丑
表演

從此大老虎和土狼兩隻就開始他們的「金星馬戲團小丑表演」生涯。

沒錯，大老虎就是世界上第一個小丑，曾經風光表演跳火圈的他，對於要在舞臺上扮演耍笨搞笑的小丑，剛開始也覺得很彆扭，多虧滿場觀眾的笑聲與掌聲，帶給他很大的信心。

大老虎的每一場表演，小醜都會從第一排椅子下面探頭觀看，讚美說：「我崇拜你，你是全世界最帥的大老虎。」這讓大老虎很窩心、很滿足。

大老虎再也不曾表演跳火圈，他一直扮演小丑，逗觀眾開心，也逗自己和小醜開心。

作者說

關於〈大老虎和小醜〉

這次的主題是「第一次」，既然是第一次，好的開始是成功的一半，當然得精心策畫。我費盡千辛萬苦，成功請來大老虎和小醜擔綱演出，把「專心致志、持續不斷努力，終能成就大事」的理念，結合諺語「良言一句三冬暖」，向大小朋友發送電波——「滴滴滴！肯定別人就是肯定自己，成就他人就是成就自己，失敗也無妨。滴滴滴！」

猜一猜 這篇童話是誰寫的？

A **林世仁** 代表作：《小麻煩》、《流星沒有耳朵》、「字的童話」系列。

B **王家珍** 代表作：《成語運動會之生肖成語來報到》、《童話村的魔法紅茶》。

C **王文華** 代表作：「可能小學任務」系列、「小狐仙的超級任務」系列。

第一次的傲慢與偏見

8號童話

繪圖：黃馨瑩

作者的大冒險真心話

童話作家的命題式創意賽

小學起，我便常被老師指定參加作文比賽、演講比賽。命題式的創作，其實比自由選題難多了；比如題目是〈我的媽媽〉，那就絕對不可以寫爸爸——咦，誰說的？說不定別出心裁，不離題，但卻讓人完全意想不到，也很成功耶。

不過，成為作家後，我就不接這樣的邀稿了，依規定主題來寫，真的綁手綁腳耶。所以，當編輯來電邀約，我當然一口就……

你猜錯了，我其實一口就答應。

因為如果在規定主題之下，我還能跳脫規定，寫出別人意想不到的點子，那才有資格叫作：童話作家。童話最在意的，就是要妙、要創意大爆炸啊！何況這個企畫案，還同時邀了我的多年寫作好友，能藉此看看他們怎麼爆炸，多學幾招，多好！

一個小孩去查字典，他想查的生詞是「傲慢」與「偏見」。

字典拍拍自己的臉（就是封面）說：「沒問題。讓我告訴你：傲慢，就是驕傲，看不起別人。比如一個女孩對其他女孩說：我最漂亮，我比你們所有人都漂亮；這就是傲慢。」

小孩點點頭。

字典又說：「偏見，就是自己的意見，但是根本不管這個意見對不對、好不好，硬是堅持這個想法。比方，如果我說：紅蘿蔔長得這麼紅，真是太醜啦；這就是一種偏見。」

小孩又點點頭。

字典指著自己胖胖的肚子說：「你看，我懂得比你多，我很厲害

吧。」

小孩聽了，開口說：「原來你很傲慢。」

字典一聽，也開口大聲喊：「你才認識我一分鐘耶，不相信的話，請你從剛才第一個字重新讀到這裡，才短短一分鐘啊。你對我又不熟，憑什麼批評我傲慢。說不定你認識我五分鐘之後，就覺得我不傲慢了。你有偏見！」

字典因為字很多，所以話也很多。總之他非常生氣，氣得臉都發白了，變成一疊空白的紙。

小孩也很生氣，因為覺得自己被冤枉。於是他也氣得臉都白了，變成一個臉很白的小孩，抱著那一疊白紙回家。

小孩回到哪裡呢？他住在一個叫作「第一次」的國家裡。這個國家，住滿了許多第一次。比如住在1號的是「第一次笑哈哈」，住在2號的是「第一次笑咪咪」。笑哈哈與笑咪咪的對面，住的是「第一次哭得淅瀝嘩啦」與他的弟弟「第一次哭得火山爆發」。

總之，「第一次國」的國王上個月閒來無事，第一次看報紙，當他打開《世界隨便報》，發現頭條新聞竟然寫的是：「本報獨家新聞！根據統計，世界上最令人討厭的國家，是第一次國。因為，大家都說，第一次國太傲慢了，自以為了不起，完全看不起第二次、第三次，當然也看不起第一百次。以上新聞是本社隨便報報的，但不是本報的偏見，是大家的意見。」

國王看完，第一次覺得很不開心，其實，他本名是「第一次開心」。不開心的主要原因，便是他不懂什麼叫做「傲慢與偏見」，他一向只懂開心。

所以，他立刻派出全國最有資格去調查的小孩，這個小孩叫做「第一次查字典」。一接到命令，小孩立刻出發去查字典。

「第一次查字典」回到家後，向國王報告「傲慢與偏見」的意思，並且把懷裡的白紙放在國王桌上，然後回家吃晚餐；這是他第一次沒有準時吃晚餐，他第一次有點不高興。

國王想了想，覺得如果依照字典的解釋，《世界隨便報》對他們的報導，也算有道理。畢竟，這個國家的城門口，寫的便是「第二次

以後的都沒有資格進來。」好像有點太傲慢、看不起人。

不過，如果讓第二次、第五百次都進城來住，不就得改國名了？國王第一次愈想愈煩惱，煩惱得臉都白了，最後第一次搬家，搬到「上一次國」去。

國王不見了，全國人民第一次一起到會議室開會，討論：「要不要繼續當偉大的第一次？還是改掉國名？」

「第一次發言」說：「當然是維持

原來的名字比較好。想想看，第一次多重要，世界上所有的事，都是從第一次開始。」

「第一次點頭」也點點頭，說：「對對對。比如，宇宙就是從第一次大霹靂開始。」

「死，也是從第一次停止呼吸開始。」這句話，是「第一次死」在死前留下的最後一句話，刻在會議室的牆上。

接下來，大家你一言我一語輪流說：「春天，從第一次花香開始。冬天，從第一次寒冷開始。戀愛，從第一次約會開始。痛苦，從第一次摔跤開始。」

連「第一次查字典」也加入：「知道，是從第一次查字典開始。」

他的弟弟也說：「不知道，是從第一次上學開始。」

成功，是從第一次做對開始。

失敗，是從第一次做錯開始。

快樂，是從第一次露出笑容開始。

傷心，是從第一次有東西壞掉開始。

最後，「第一次想不通」表達意見：「我真的想不通，為什

麼別人批判我們傲慢？這會不會是第二次國的偏見？那篇報導的幕後主筆，說不定就是第二次國的國王寫的。」

這個答案獲得全國人民一致同意，大家第一次一起大聲歡呼：「很好，明天派代表去向『第二次國』抗議。我們是獨一無二的第一次，當然有傲慢的資格。散會。」

當天晚上，由「第一次寫抗議書」負責在白紙上寫抗議。第二天，由「第一次去抗議」，快步跑到隔壁的第二次國，準備抗議。

當他第一次離開國門，第一次看見別的國家竟然也有漂亮的城門，柱子也像他們的一樣高，第一次張大眼睛，覺得不可思議。

走著走著，他餓了，於是忍不住站在路邊餅攤前，一直看著櫃子裡那些烤得像陽光般金黃的大餅。

「來，吃吧。」沒想到，攤子的主人遞給他一塊餅。

他迅速將美味可口的餅吃完。然後，呆住了。因為，他是「第一次去抗議」，可是現在，要抗議什麼呢？

「不夠嗎？再來一塊。」攤子主人又遞過來一塊香噴噴大餅。

「第一次去抗議」只好第一次改變，不抗議了，開口說：「謝謝你。」

接著，他又喝了一杯飲料店主人送他的清涼椰子水。

「第一次去抗議」想：「不去抗議，改成第一次道謝、第一次接受幫助，好像也不錯。」他發現自己竟然一口氣增加好多個第一次。

吃飽喝足後，終於有力氣走到「第二次國」。他站在城門口，問守在門口的衛兵：「第一次國的人，能進去嗎？」

衛兵笑著回答：「當然，因為有第一次，就有第二次。」

他又問：「那麼，如果是第三次國的人民，能進去嗎？」

衛兵笑著回答：「當然，因為第二次之後就是第三次。」

「第一百次國的人，總沒有資格進第二次國吧？」他第一次連續問了這麼多問題。

衛兵還是說：「當然可以。本國的規定，就是不管第幾次，都可以從第二次開始。」

「第一次去抗議」想了想，發現這句話有問題。於是，又第一次發出疑問：「不管第幾次，應該都是從第一次開始才對。」

「萬一，第一次失敗了呢？」守衛反問他。

「失敗？」他現在又有新的第一次了：第一次頭痛。

守衛解釋：「如果有人想要做新嘗試，可是，第一次卻沒成功，難道就放棄？說不定再來一次，第二次會成功啊。第二次有時候比第一次厲害，第二次有時候就是第一次！」

「我懂了，這是第二次國的詭計。」他走進城內，將手中的抗議書交給「第二次國」的國王。

「第一次國向第二次國嚴正抗議！」說完這句話，「第一次去抗議」就忘了下一句要說什麼。

國王看起來倒沒生氣，反而邀請他坐下來，還請他喝茶。

國王說：「我的哥哥還好嗎？」他的哥哥就是「第一次國」的國王。

哎呀，第一次國的國王跑了啦。

「原來如此。」國王說：「照道理，既然我哥不在，就該輪到我升級，變成第一次國國王。」

真沒想到是這種結局。

「第一次去抗議」正想開口抗議，國王又說了：「不過，我一點都不想當第一次國國王。因為，第一次充滿危險，一個不小心，可能帶來不好的後果。」

「但是，我再想一想。好像成為第一次國國王也不錯。因為，第一次也充滿可能，幸運的話，會帶來意想不到的奇妙好事。」眼前這個國王果然來自第二次國，任何事都可以想兩次。

「所以，第一次可能很偉大，也可能不偉大，沒什麼好傲慢的。但是，別人也不該帶著偏見，認定第一次就是傲慢。」這是「第一次寫傲慢與偏見」的我，最後寫的一句話。

《傲慢與偏見》是一本著名的小說，作者是英國女作家珍．奧斯汀，西元一八一三年出版。高富帥的男主角有些傲慢，於是女主角對他有偏見，加上其他角色的精采互動，有浪漫的愛情，也有對虛偽人際關係的諷刺，成了很受歡迎的經典小說。建議中學之後可以閱讀。

作者說

關於〈第一次的傲慢與偏見〉

不少人習慣將「第一次」神聖化，覺得每件事的第一次最值得紀念、意義非凡。如果它是人，應該會忍不住傲慢起來吧；這就是我寫這篇故事的發想點。然而，第二次就不重要嗎？

猜一猜

這篇童話是誰寫的？

A **王淑芬** 代表作：《我是白痴》、《小偷》、《怪咖教室》、《去問貓巧可》。

B **王家珍** 代表作：《成語運動會之生肖成語來報到》、《童話村的魔法紅茶》。

C **亞　平** 代表作：《我愛黑桃7》、《阿當，這隻貪吃的貓！》、《貓卡卡的裁縫店》。

超馬童話大冒險1

誰來出任務？

這本書的作者共有八位，他們都參加了這場主題式童話大冒險！

1號跑者

王文華

是一個小學老師，也是獲獎無數的童話作家（這沒什麼好炫耀的，因為這裡的每位作者都得過一堆獎），作品應該……有身高那麼高了吧！平時最快樂的事就是天馬行說故事逗小孩……所以你覺得哪個故事是他寫呢？

2號跑者

王家珍

從小怕黑怕鬼怕惡夢，害怕得一個頭兩個大，長大之成為名符其實的大頭珍，帽子都戴不下。從小很難專心，字跡雜亂，作業老得丙。高三時，字跡突然變好看，把老師嚇呆，是畢生最得意的大怪事。愛搞怪的她，寫了哪一個童話？

3號跑者

王淑芬

除了寫童話，還會做手工書。最喜愛的童話是《愛麗絲漫遊奇境》與《愛麗絲鏡中漫遊》，曾經為它做過好幾本手工立體書。最喜愛愛麗絲童話中的一句話：「我在早餐前就可以相信六件不可思議的事。」這句話完全道出童話就是：充滿好奇與包容。

4號跑者

亞　平

喜歡閱讀、散步、旅行、森林、田野的小學老師，投入童話創作十幾年，燃燒內心的真誠和無窮盡的幻想，只為孩子們帶來觸手可及的愛與溫暖。她用貓當主角，寫過兩個系列的童話，這一次她還會用貓當主角嗎？

5號跑者

林世仁

是位瘦瘦高高的「詩人」，愛到處亂走，愛爬小山，更愛聽黑膠唱片，當感受到「唱片在唱盤上轉，靈感在腦袋裡轉」就是詩人最開心的時候了！愛讀書，愛寫書的他，希望可以一直寫到老。

6號跑者

劉思源

曾任童書編輯多年，目前重心轉為創作，用文字餵養了一頭小恐龍、一隻耳朵短短的兔子、一隻老狐狸和五隻小狐狸……遊歷了中國、日本、韓國、美國、法國、俄羅斯（授權出版）……第一次參加大冒險遊戲就「負傷」出任務成功！真是太厲害了！

7號跑者

賴曉珍

愛看電影，喜歡吃，常常走路，住過蘇格蘭和紐西蘭，現在回到臺中專心當童書作家。高中就想當童書作家的她，寫作已經超過二十年，期許自己的作品質重於量，願大小朋友能從書中獲得勇氣和力量。

8號跑者

顏志豪

臺東大學兒童文學博士，現專職創作。覺得拿起筆時，是神，也是鬼。放下筆時，是人，還是個手無寸鐵的孩子。喜愛用童話打造充滿想像世界的他，寫的是哪一個故事呢？

這裡的編號，是按照姓氏筆畫由少到多而排的，不是按照作品的編號喔！你猜出來是誰寫了哪一篇童話嗎？答案將公布在字畝文化的臉書粉絲頁。

下集主題是「在一起」，將陪大家過暑假！「超馬童話大冒險系列」每季出版一本，共會出版八本哦！

國家圖書館出版品預行編目 (CIP) 資料

超馬童話大冒險 . 1, 誰來出任務 / 林世仁等著 ;
黃馨瑩等繪 . -- 初版 . -- 新北市 : 字畝文化創意
出版 : 遠足文化發行 , 2019.04
面； 公分
ISBN 978-957-8423-75-6(平裝)
859.6 108004376

XBTL0001
超馬童話大冒險1 誰來出任務

作者｜王文華、王家珍、王淑芬、亞平、林世仁、劉思源、賴曉珍、顏志豪
繪者｜許臺育、陳銘、李憶婷、楊念蓁、尤淑瑜、陳昕、黃馨瑩

字畝文化創意有限公司
社長兼總編輯｜馮季眉
特約主編｜陳玟靜
封面設計｜許紘維
內頁設計｜張簡至真

出　　版｜字畝文化創意有限公司
發　　行｜遠足文化事業股份有限公司（讀書共和國出版集團）
地　　址｜231 新北市新店區民權路 108-2 號 9 樓
電　　話｜(02)2218-1417
傳　　真｜(02)8667-1065
客服信箱｜service@bookrep.com.tw
網路書店｜www.bookrep.com.tw
團體訂購請洽業務部 (02)2218-1417 分機 1124

法律顧問｜華洋法律事務所　蘇文生律師
印　　製｜中原造像股份有限公司

2019年4月10日　初版一刷　2024年8月　初版十一刷　定價：330元
ISBN 978-957-8423-75-6　書號：XBTL0001